「伊月は……
私の、お世話係
至近距離で真っ直ぐ見つめられる。

友成伊月《ともなりいつき》
雛子に気に入られて
お世話係となった一般庶民。
雛子のためにと、
マナーやダンスなどを習得中。
此花雛子《このはなひなこ》
表向きは品行方正だが、
実は怠け者で甘えん坊。
伊月のことが気になり始めたが、
中々素直になれない。

「……それでいくんですか、スローガン？」
「打倒、此花雛子!!」
天王寺美麗
てんのうじみれい
雛子をライバル視するお嬢様。
人に教える事は自分のためにもなると、
伊月にマナーなどを教える。
向上心の高い伊月を気に入っている。

「どうかしまして!?」
大きな音を立てて、
天王寺さんが男風呂のドアを開いた。
風呂に入っていたからか、
今の天王寺さんはいつもと違って
髪を下ろしており、
それが妙に大人らしくて
思わず見惚れてしまいそうになった。

才女のお世話 2

高嶺の花だらけな名門校で、学院一のお嬢様（生活能力皆無）を陰ながらお世話することになりました

坂石遊作

HJ文庫
971

口絵・本文イラスト　みわべさくら

contents

◆◆◆

saijo no osewa

プロローグ

此花《このはな》家の社交界が終わった二日後。

月曜日の朝。目を覚ました俺《おれ》は、ここが此花家の屋敷《やしき》であることを思い出した。

「……そうか。俺はまだ、お世話係なんだな」

夢を見ていた。その内容はつい先週のこと……雛子《ひなこ》を助けるために、この屋敷へ単身で乗り込《こ》んだ時のことである。

今思えば、我ながらよくあんな大胆《だいたん》な行動をしたものだ。それだけ、あの時の俺は華厳《かげん》さんのやり方が間違《まちが》っていると思ったし、雛子を助けたいと思っていたのだろう。

「よし、今日も頑張《がんば》るか」

学生服に着替《きが》え、使用人たちのミーティングに出席する。

それから俺はいつも通り、雛子の部屋へ向かった。

「……ぐっすり寝《ね》てるな」

「ん、むぅ……」

布団《ふとん》を蹴《け》っ飛ばし、臍《へそ》を出しながら寝ている雛子が、小さな吐息《といき》を零《こぼ》した。

この幸せそうな寝顔《ねがお》を見ていると、自分が今、温かな日常にいることを実感する。

とはいえ、のんびりとしているわけにもいかない。

寝ている雛子の身体を揺《ゆ》らす。

「雛子、朝だぞ」

「んぅ…………いつ、き？」

「ああ」

部屋のカーテンを開き、日光を入れた。

上半身を起こした雛子が、眠《ねむ》たそうに目を擦《こす》る。

「……おはよ」

「おはよう」

挨拶《あいさつ》を交《か》わしながら雛子の方を向く。

日光が差し込み明るくなった部屋で、雛子は大きなあくびをしてから、溜息《ためいき》を吐《つ》いた。

「学院……行きたくない」

「我儘《わがまま》言うな」

演技は大変なことかもしれないが、学院に通うのは決して無益ではない。

いずれ雛子には、自分から学院に通いたいと思うようになって欲《ほ》しい。そしてそれはお世話係である俺の使命なのだろう。

お世話係を解任されそうになったことは、忘れてはならない。

俺も気を引き締《し》めねば。

そんなことを考えながら、ふと俺は雛子の口元に注目した。

「雛子、ちょっと顔上げてくれ」

「んぅ……？」

不思議そうに顔を上げた雛子へ、俺はポケットから取り出したものを近づけた。

「何、それ？」

「ハンカチ。涎《よだれ》が垂れてるから、拭《ふ》こうと思って」

「よ、だれ…………」

頭が回っていないのか、雛子は俺の言葉を繰《く》り返す。

次の瞬間《しゅんかん》、雛子は急に焦《あせ》った様子で顔を下に向けた。

「どうした？　急に顔を伏《ふ》せて」

「じ、自分で拭くから…………こっち、見ないで」

差し出された掌《てのひら》にハンカチを載《の》せると、雛子はすぐにゴシゴシと口周りを拭いた。

俺が雛子の涎を拭くことは、お互《たが》いとっくに慣れている筈《はず》だが……どうしたのだろうか、今日に限って。

「着替えを持ってきたぞ」

「……ん」

雛子が小さな頭を縦に振《ふ》る。

雛子を起こしたら、次は着替えの手伝いをしなくてはならない。最初は刺激的《しげきてき》で頭がクラクラしたが、最近は理性を保つことができるようになったため、苦手意識はすっかりなくなっていた。

「……出ていって」

「え？」

「早く、出ていって」

着替えを両手に抱《かか》えたまま、雛子が言う。

その言葉は、俺にとって信じられないくらい衝撃的《しょうげきてき》だった。

「……………………え？」

雛子は顔を赤く染めながら、俺を部屋の外まで押《お》し出した。

背中からパタリと扉《とびら》の閉じられる音がする。

「……うーむ」

流石《さすが》にこれは、気のせいではない。

どうも先日の社交界から、雛子の様子が変だ。

厳密には、俺に対する態度が以前と違《ちが》う。今までならもっと、素直《すなお》に甘《あま》えてきたというのに……どういう心境の変化だろうか。

「暫《しばら》くすれば元に戻《もど》るか……？」

扉の傍《そば》で待つこと十分。部屋から雛子が出てきた。

案の定、上手《うま》く着替えられていなかったため、結局俺が手伝うことになった。シャツのボタンは掛《か》け違えており、スカートのファスナーも生地《きじ》を噛《か》んでいる。いつもと違うのは、俺がそれらを直している間、雛子が恥《は》ずかしそうにずっと視線を逸《そ》らしていたことだ。

雛子を食堂まで案内してから、俺は自分の部屋へ、教科書の入った鞄《かばん》を取りに行く。

その途中《とちゆう》で、静音《しずね》さんと顔を合わせた。

「伊月《いつき》さん。お嬢様《じようさま》と何かありましたか？」

「いえ、特に何もなかったと思いますが……」

強《し》いて言うなら雛子の様子が変だったことだが、何かがあったというわけでもない。

「お嬢様が、明日からは伊月さんに起こされたくないと仰《おつしや》っていました」

「えっ」

「もう一度訊《き》きます。何かありましたか？」

犯罪者を見るような目で睨《にら》まれる。

流石にその誤解は解いておきたいので、俺は社交界以降の雛子の様子について説明した。

静音さんに話せば何かヒントが得られるかもしれない。

「お嬢様の様子が変、ですか……」

「あの。俺、雛子に嫌《きら》われるようなことをしたでしょうか」

「いえ、寧《むし》ろ先日の一件で、お嬢様が伊月さんのことをかなり気に入っていると分かったのですが……」

そう言われると嬉《うれ》しいような、恥ずかしいような。

「体調不良というわけではないようですが、私も少し様子を見てみます。何か分かれば報告してください」

「はい」

静音さんと別れ、雛子がいる食堂へ向かう。

そろそろ、学院に向かわなくてはならない。

一章◆天王寺美麗のご提案

「では、行ってきます」

車を降りて、俺は静音《しずね》さんと運転手に頭を下げた。

雛子《ひなこ》は十メートルほど前方を歩いている。俺はその距離《きょり》を保ったまま、学院へ向かった。

「此花《このはな》さん、おはようございます」

「あら、友成《ともなり》さん。おはようございます」

下足箱で雛子と合流して、互いに挨拶を交わした。

本当は今朝、雛子の部屋で挨拶を済ませているが……公にはこれが一度目の挨拶である。

完璧《かんぺき》なお嬢様を演じている雛子は、人当たりがよく、それでいて高嶺《たかね》の花《はな》らしい風格を醸《かも》し出しているため、異性であれば誰《だれ》でも動揺《どうよう》してしまうほどの魅力《みりょく》を放っている。

しかし俺は、それが本性《ほんしょう》でないと知っているからか、いつもの――本来の雛子の方が好きだった。

「……毎回、めんどくさいね」

「……何が？」

雛子が小さな声で本音を吐露《とろ》したため、俺は周囲の耳目《じもく》に注意しながら、小声で訊《き》き返した。

「朝、一緒《いっしょ》に来てるのに……わざわざ一度離《はな》れてから、後で合流するなんて」

「……仕方ないだろ。同じ場所で暮らしていることが、誰かにバレるとマズいからな」

窮屈《きゅうくつ》ではあるが、これでもマシになった方だ。

お茶会や勉強会を経て、俺と雛子が友人の間柄《あいだがら》であることは既《すで》に学院内で周知の事実となっているらしい。そのため最初の頃《ころ》と比べて、雛子とは必要以上に距離を空ける必要がなくなった。教室では普通《ふつう》に会話できるし、放課後を一緒に過ごしているところを目撃《もくげき》されても、大抵《たいてい》は誤魔化《ごまか》せるだろう。

「でも……偶《たま》には、一緒に登校したい」

「途中まで同じ車に乗ってるだろ？　最後が分かれているだけで」

「そうじゃなくて……」

雛子が視線を下げながら、言う。

「二人で……一緒に、外を歩きたい」

そういうことか。

確かにそうだなと思う一方で、残念ながら簡単には実現しないなとも思う。……今度、静音さんに相談してみるか。

「あ！　二人とも！」

下足箱で靴《くつ》を履《は》き替《か》え、雛子と一緒に教室へ向かっていると、その途中でクラスメイトの旭《あさひ》さんと遭遇《そうぐう》した。

「おはようございます」

「うん、おはよ！　あのね、今、職員室の前に中間試験の結果が張り出されているらしくて、よかったら一緒に見に行かない？」

旭さんが俺と雛子の顔を見ながら言う。

貴皇学院《きおうがくいん》では、定期試験を行う度にその席次が発表される。ただし公に発表されるのは上位五十名までで、恐《おそ》らく俺は含《ふく》まれていないだろう。

雛子と顔を見合わせ、俺たちはほぼ同時に頷《うなず》いた。

「いいですよ」

「私もご一緒させていただきます」

授業開始までまだ時間に余裕《よゆう》がある。

教室にいても暇《ひま》なだけだし、それに正直なところ、俺はその席次発表に興味があった。

前の高校ではそんなイベントなかったからな……。

　三人で職員室の方へと向かう。

　その途中、見知った男子生徒を発見した。

「あ、大正君《たいしょう》」

「おお。皆、来たのか」

　大正が俺たちの存在に気づき、軽く笑《え》みを浮《う》かべる。

「大正君はどうせ載ってないでしょ」

「うるせぇ。載ってなくても見たいもんは見たいんだよ」

　そう言って大正は、掲示板《けいじばん》に張り出された席次を見た。

　俺たちもその視線を追うように、掲示板に目を向ける。

　真っ先に目に入る順位である一位には、俺たちのよく知る名が記されていた。

「今回も此花さんが一位かー。流石だね！」

「ふふ、ありがとうございます」

　お嬢様らしい上品な笑みを浮かべる雛子。その美貌《びぼう》に、周囲にいる生徒たちの視線は吸い寄せられていた。

　素の性格を知っている俺は偶に忘れそうになるが、雛子は文武両道の才女である。

本当に……能力だけは優秀《ゆうしゅう》なんだな。

能力だけは。

「いてっ」

唐突《とうとつ》に、雛子に足を踏《ふ》まれた。

「……なんか、失礼なこと考えてる」

何故《なぜ》分かった。

頬《ほお》を膨《ふく》らませる雛子から、俺は視線を逸らす。

以前と比べて、雛子は感情表現が豊かになった気がする。

それも、演技ではなく本性の方だ。これはいい傾向《けいこう》だと思う。何が切っ掛けで変化したかは知らないが。

雛子の変化も、悪いことばかりではないかもしれない。

そんなことを考えながら、ふと視線を横に動かすと、人集《ひとだか》りの中でも一際《ひときわ》目立つ金髪《きんぱつ》縦ロールの少女が見えた。

少女は顎《あご》に指を添《そ》え、何やら難しい顔をしている。

その様子が気になった俺は声を掛けた。

「天王寺さん？」

「あら、友成さんも来ていたのですね」

天王寺美麗。

此花グループに匹敵《ひってき》するほどの財閥系《ざいばつけい》である、天王寺グループのご令嬢《れいじょう》だ。

俺は彼女《かのじょ》が先程《さきほど》まで見ていた掲示板を一瞥《いちべつ》して、口を開く。

「二位、おめでとうございます」

「……一位にあの憎《にく》たらしい名前がある限り、喜ぶことはできませんわ」

素直に賞賛したつもりだったが、天王寺さんは悔《くや》しそうな顔をした。

思えば、天王寺さんは初対面の頃からずっと雛子に競争心を燃やしていた。自分の上に雛子の名が記されている時点で、彼女は満足しないのだろう。

「ですが今回は、有意義な結果となりました」

有意義な結果？

首を傾《かし》げる俺に、天王寺さんは説明した。

「前回と比べて、此花さんとの差が埋《う》まっていますの。此花さんの点数が落ちたわけではありません。つまりこれは、紛《まぎ》れもなくわたくし自身の成長……！　ふふふ、漸《よう》く勝機が見えてきましたわ……！」

天王寺さんは、瞳《ひとみ》の内側で炎《ほのお》を燃やしながら呟《つぶや》いた。

「ところで、貴方《あなた》は何位だったんですの？」

あまりにも当然のように訊いてくるので、少し返事が遅《おく》れる。

「俺は載ってなかったです。多分平均か、それより少し下くらいだと思います」

「はい？」

微《かす》かに怒気《どき》を発しながら、天王寺さんは訊く。

「今、なんと？」

「ええと、その、平均かそれより少し下くらいかと……」

「このわたくしから、直々に指導を受けたにも拘《かかわ》らず……平均以下？」

天王寺さんの額に青筋が浮かぶ。

「て、天王寺さんに教わった科目は、手応《てごた》えあったんですけど……」

「お黙《だま》りなさい！」

ピシャリと告げられる。

「相変わらず貴方は、意識が低い！　どれだけ真面目《まじめ》でも、目標が低ければ成長できませんわよ？」

「うっ」

その一言は俺の胸に強く突《つ》き刺《さ》さった。

俺としては、身《み》の程《ほど》を弁《わきま》えた上で少しずつ成長していくつもりだったが、それは卑屈《ひくつ》な考え方だったかもしれない。

「猫背《ねこぜ》」

「は、はい」

指摘《してき》され、いつの間にか丸まっていた背筋をピンと正す。

「まったく……以前から思っていましたが、貴方は感情が態度に表れやすいタイプですわね」

「そ、そうなんですか……」

全く自覚がなかった。

「しかし逆に言えば、確固たる自信さえつければ、貴方はもっと堂々とした佇《たたず》まいができる筈ですわ」

そう言って天王寺さんは、考える素振《そぶ》りを見せた。

次は何を言われるのか。恐る恐る待っていると……。

「提案があります。これから暫く、わたくしと一緒に放課後を過ごしませんか？」

予想の斜《なな》め上となる言葉を、天王寺さんは告げた。

一限目が終わった後の休み時間。

改めて、俺は天王寺さんと話し合った。

「放課後を一緒に過ごすって、どういうことですか？」

「わたくしが貴方に勉強を教えます」

天王寺さんは続けて意図を説明する。

「以前、わたくしは貴方が企画《きかく》した勉強会に参加しましたが……実を言うと、誰かに勉強を教えたのはあれが初めてでしたの」

「そうだったんですか」

「ええ。ですから、あの時、初めて気づいたのですけれど……どうやら、人にものを教えるという行為《こうい》は、わたくし自身のためにもなるようです」

ということ……どういうことだろうか。

首を傾げる俺に、天王寺さんは告げる。

「要するに、人に勉強を教えることで、わたくし自身の学力も向上したということですわ。その結果が先程の試験結果です。わたくしは此花さんを相手に、差を埋めることができました」

なるほど。

話が見えてきた。

「つまり天王寺さんは、ああいう勉強会のようなことを今後も続けてみたいということですね？」

「そういうことですわ」

話を理解した俺は首を縦に振る。

「でも、どうして俺を協力者に？」

「わたくしの身近にいる人で、貴方の成績が一番低いからですわ」

「ぐ……っ」

悔しいが、何も言い返せない。

「とはいえ、これだけでは貴方に面倒《めんどう》をかけてしまうだけですわね。何かこちらも手伝えることがあればいいのですが……」

「……勉強を教えていただけるなら、それだけでも俺にとってはありがたいですよ」

「いいえ。貴方に勉強を教えるのはわたくしの都合なのですから、わたくしも何か代価を支払《しはら》わねば、フェアではありませんわ」

律儀《りちぎ》な人だ。

俺の気持ちというより、天王寺さん自身が納得《なっとく》できないのだろう。

「貴方、勉強以外で苦手なことはありませんの？」

「苦手なことですか……」

お世話係になってから、しでかした失敗の数々を思い出す。

勉強も運動も屋敷での仕事も護身術も、完璧とは程遠《ほどとお》いが、やはり一番苦手なのは……。

「……マナー、ですかね」

そう答えると、天王寺さんは満足気な笑みを浮かべた。

「では、わたくしが直々にマナーを教えてさしあげますわ！　天王寺家は礼儀《れいぎ》作法を重んじる一家。マナーは得意分野ですの！」

胸に手をやり、「任せなさい！」と言わんばかりに天王寺さんは溌剌《はつらつ》とする。

正直、それは非常に助かる。非常に助かるが、放課後を費やすとなれば俺の一存では決められない。

「話はとてもありがたいんですが……少し考えさせてください」

そう言うと、天王寺さんは不思議そうな顔をした。

「何故ですの？　貴方も乗り気だったではありませんか」

「その、家の都合で、勝手にスケジュールを組むことが許されていませんので」

「なるほど。難儀《なんぎ》な家みたいですわね」

難儀と言えば、確かに難儀かもしれない。なにせ天下の此花グループである。

最近は慣れてきたとはいえ、偶に肩身《かたみ》の狭《せま》い思いをする。

日々の苦労を思い出して軽く溜息を吐くと……天王寺さんに、無言で睨まれていることに気づいた。

「友成さんは、家にいる時も今と同じように振《ふ》る舞《ま》っているのですか？」

「今と同じようにと言いますと……？」

「自信の欠片《かけら》もなく、どこかオドオドしているように見える態度という意味です」

相変わらず手厳しい指摘だった。

しかし、今の俺がオドオドしているというなら、きっと屋敷にいる時の俺も同じだろう。

「多分……家でも、こんな感じだと思います」

そう答えると、天王寺さんは嘆息《たんそく》した。

「わたくしが貴方を誘《さそ》ったのは、成績以外にもうひとつ理由があります。それは貴方の、学院での振る舞いについてです」

天王寺さんは、真《ま》っ直《す》ぐ俺の目を見据《みす》えて続ける。

「ズバリ訊きます。――貴方、周りの人たちに劣等感《れっとうかん》を覚えていますわね？」

一瞬《いっしゅん》、心臓が鷲掴《わしづか》みにされたのかと思った。

それは、隠《かく》していた真実が見透《みす》かされた衝撃《しょうげき》というわけではなく……俺自身ですら気づいていなかった心理を見抜《みぬ》かれたことによるものだった。

俺は貴皇学院で唯一《ゆいいつ》の庶民《しょみん》だ。周りの生徒と比べれば、頭のできも家柄《いえがら》も、何もかもが劣《おと》っている。

普段《ふだん》はそこまで深刻に考えることもないが、ふとした時にその事実が脳裏《のうり》を過る。俺は本来なら貴皇学院に入学を許されない身分であり、此花家の力で籍《せき》を置いているだけに過ぎないのだ。劣等感を覚えない方が難しいだろう。

──俺は、コンプレックスを抱いているのかもしれない。

今更《いまさら》ながら、そう思う。

押し黙る俺の心情を見抜いてか、天王寺さんは続けて言った。

「貴皇学院の生徒で、その手のコンプレックスに陥《おちい》る方は決して珍《めずら》しくありません。しかし幸いなことに、貴方には向上心があります。わたくしの指導を受ければ、そのコンプレックスから脱却《だっきゃく》できることを約束しますわ」

ありがたい。

思わず、今すぐに承諾《しょうだく》してしまいそうなくらい、ありがたい提案だった。

お世話係として雛子に貢献《こうけん》したい。その気持ちが強くなればなるほど、課題と直面する回数も増えていた。安直な考えかもしれないが、天王寺さんに勉強やマナーを教わることができれば、それらが一気に解決するような予感がする。

「そろそろ教室に戻らなくてはいけませんわね。返事はなるべく早めに聞かせてくれると嬉しいですわ」

「……分かりました。明日、返事をします」

放課後になったら、すぐに静音さんに相談してみよう。

「声を掛けていただき、ありがとうございます。……天王寺さんは、本当に人を見る目がありますね。正直、ここまで見透かされるとは思いませんでした」

「世辞は結構ですの。大したことではありませんわ」

「いえ、本当に凄《すご》いと思います」

感心して告げると、天王寺さんは視線を逸らした。

「本当に、大したことではありません。……わたくしも、経験者というだけの話ですわ」

後半の台詞《せりふ》は殆《ほとん》ど独り言だったため、殆ど俺には聞こえなかった。

しかし、いつも気丈《きじょう》に振る舞っている天王寺さんにしては、珍しく暗い表情を見せていたことだけは記憶《きおく》に強く残った。

放課後。

此花家の屋敷に戻った俺は、いつも通り静音さんから指導を受けていた。

「本日のレッスンはこれで終了《しゅうりょう》です。お疲《つか》れ様《さま》でした」

「お疲れ様でした」

予習、復習、マナー講座、そして護身術。

それぞれのレッスンが終了したことで、漸く一日の終わりを実感する。

以前はこの時間になると体力が底を突き、ろくに喋《しゃべ》ることすらできなかったが、今は少しだけ余裕がある。俺も心身ともに成長できているということだろうか。

この後は雛子の部屋に向かい、風呂《ふろ》に入らねばならない。

汗《あせ》を軽く拭《ぬぐ》って静音さんの方を見ると、何やら難しい顔で手元の書類に目を通していた。

「何の書類ですか？」

「伊月《いつき》さんの指導に関するスケジュール表です。思ったよりも伸《の》びが早いので、再調整しようかと」

静音さんは真剣《しんけん》な表情で書類を読み進める。

……丁度いいかもしれない。

「静音さん。少し相談したいことがあるんですが……」

そう言って俺は、今日、天王寺さんと話したことについて静音さんに説明した。

放課後、天王寺さんから勉強とマナーを教わる話だ。

「……なるほど。天王寺様とそのような話を」

話を聞いた静音さんは、一度書類を下ろして熟考した。

「伊月さんは、どうしたいのですか？」

「個人的には受けたいと思っています。天王寺さんの教え方は上手いですし……色々と頼《たよ》りになりますので」

静音さんの教え方も上手いが、天王寺さんは同級生なだけあって、同じ視点でのアドバイスをしてくれる。

それに——天王寺さんは言ってくれた。

『貴方、周りの人たちに劣等感を覚えていますわね？』

『わたくしの指導を受ければ、そのコンプレックスから脱却できることを約束しますわ』

あの言葉は、胸に強く響《ひび》いた。

天王寺さんはいつも堂々としており、まさに貴皇学院に相応《ふさわ》しい生徒と言えるだろう。

今まではあまり自覚していなかったが、俺はきっと天王寺さんに憧《あこが》れを抱いている。

「天王寺さんの指導を受ければ……俺はもっと、雛子に相応しくなれるような気がするんです」

雛子の息抜《いきぬ》きにいつでも付き合えるような。そして、いざという時は完璧に支えられるような。そういうお世話係になるためには、まだまだ足りない点が多すぎる。その足りない点を天王寺さんから吸収できればと思う。

「私は問題ないと思います」

静音さんは続けて言う。

「天王寺様なら私よりも上手にマナーを教えることができるでしょう。それに……華厳《かげん》様から伝言を預かっています。伊月さんには、お嬢様にかわって、此花家のコネクションを積極的に作っていただきたいそうです」

「……華厳さんが？」

「はい。都島《みやこじま》様や天王寺様たちを社交界に招待した時と同じように、お嬢様の顔を立てる形で、それとなく意識していただければと」

正直、意外だった。

俺はあの人に、あまり信用されていないような感触《かんしょく》だったから。

華厳さんの俺に対する考え方が変わったとすれば、きっとその切っ掛けは、あの社交界だ。あの夜、俺は初めて華厳さんの本音を聞いたような気がした。

「分かりました。そういうことなら、俺も善処してみます」

「よろしくお願いいたします。ただ、あくまで自然に……学生らしい範疇《はんちゅう》でお願いいたします」

あくまで学生同士として。あくまで友人として。

そのような範囲内《はんいない》での人脈なら、自由に作っても構わないということだろう。最終的にはそれを雛子と結びつければいい。

「……伊月？」

その時。道場の扉が開き、雛子の声が聞こえる。

「お風呂……まだ？」

「悪い、少し静音さんと話をしていて」

「……話？」

首を傾げる雛子に、俺は説明する。

「雛子にも相談するつもりだったが、暫く放課後は一緒に帰れなくてもいいか？」

「……え」

雛子は目を見開いて驚《おどろ》いた。

「華厳さんにも改めて雇《やと》われたわけだし、今一度、気を引き締めて色んなことを勉強したいと思ってな。学院の成績も上げたいし、社交界で馬鹿《ばか》にされないようマナーも身に付けたい。そのために暫く放課後を使わせて欲しいんだ」

「外部の人に、教わるということ？　……静音じゃ駄目《だめ》なの？」

その問いには、静音さんが答えた。

「私も他の仕事がありますので、伊月さんのレッスンに集中できない時があります。特にここ最近は、先日行われた社交界の影響《えいきょう》で仕事が増えていますので……暫くはレッスンに時間を割《さ》けなくなるかもしれません」

「……むぅ。じゃあ、私が教えるのは……？」

「お嬢様はお嬢様で、やってもらわねばならないことが沢山《たくさん》ありますから、スケジュール的に厳しいでしょう。それに、環境《かんきょう》を変えて色んな人から教わるというのは、伊月さん自身のためにもなります」

「む、むぅ……」

どちらかと言えば、雛子は不満気だった。

三十秒ほど何かを考えた雛子は、やがてその小さな唇《くちびる》をゆっくりと開く。

「伊月。……それは、私のためなの？」

「雛子のためというと、少し違うかもしれないが……雛子のお世話係を、ちゃんと務めるためだ」

　恩着せがましい気持ちはないが、今まで以上に雛子の力になりたいからこそ、俺《おれ》はこの話を引き受けようと思っている。

　雛子は「んぅぅ」と悩《なや》ましそうな声を漏《も》らした後、溜息を吐いた。

「なら、仕方ない。……許す」

「ありがとう」

　雛子からも許可が出た。

　明日、天王寺さんに、この件について引き受けることを伝えよう。

「でも……勉強とか、マナーとか、誰に教わるの……？」

　その問いに、俺は答える。

「天王寺さんだ」

　微かに目を丸くしたような気がする雛子に、俺は改めて告げた。

「放課後は暫く、天王寺さんと一緒に過ごすことになると思う」

「…………………………」


　雛子の部屋にある風呂場《ふろば》にて。

俺は、湯船に浸《つ》かりながら棒アイスを食べる雛子を見守っていた。

「うんまー……」

学院にいる時と違って、だらけきった姿を見せる雛子に、俺は苦笑《くしょう》する。

「これで許してくれるか？」

「……まだ、ちょっと物足りない」

「勘弁《かんべん》してくれ。静音さんにバレないよう、アイスを持ってくるのは大変なんだぞ」

溜息《ためいき》混じりに言うと、雛子は視線を落として口を開く。

「ほんとはまだ嫌《いや》だけど……私のためなら、許す」

改めて、天王寺さんと一緒に過ごす許可をもらう。

道場でこの話をしてから今に至るまで、雛子はずっと反対していたが、説得の決め手になったのはアイスを用いた買収だった。最近はお世話係の解任騒《さわ》ぎや社交界などのゴタゴタで忙《いそが》しかったため、久々に息抜きができて嬉しいのかもしれない。

しかし、それでも雛子はどこか不満気だ。

拗《す》ねるように水面を見つめる雛子へ、俺は声をかける。

「別に雛子が嫌なら、俺はこの件を断ってもいいんだが……」

「………伊月の邪魔《じゃま》には、なりたくない」

「……そうか」

こちらを気遣《きづか》ってくれているのだろうか。

本来なら、それはお世話係である俺の役割だが……少し嬉しい。

「正直、ちょっと安心した」

「安心……？」

「最近、雛子に避《さ》けられていると思っていたから」

「……なんで、そう思ったの？」

「いや、だって、朝は俺に起こして欲《ほ》しくないみたいだし、それ以外にも、偶に俺と距離を置くことがあっただろ？」

そう言うと、雛子は頬を膨らませた。

「別に、距離を置きたいわけじゃない」

「じゃあ何か理由があったのか？」

「……むぅ」

複雑な表情で、雛子は小さく呟く。

「……言いたくない」

気になるが、本人に言うつもりがないなら、俺も詮索《せんさく》するのはやめておこう。

「ところで、雛子」

「……何？」

「暑くないか、その格好？」

目の前にいる雛子は、学院が指定するスクール水着を身に纏《まと》っていた。

貴皇学院らしい上品なデザインだ。しかし、風呂場でそれを見ると少々暑苦しい。

「……別に」

「今まではビキニタイプの水着だっただろ。なんで急にスクール水着にしたんだ？」

「……そういう、気分だから」

非常に答えにくそうに、雛子は言った。

視線を逸らし、こちらに背中を向ける雛子に、俺は内心で思う。

――やっぱり避けられているんじゃないだろうか？

そのわりには、こうして一緒に風呂に入るし、放課後はなるべく一緒に過ごしたいといった話もされるが……今の俺は、雛子が何を考えているのか分からなかった。

お世話係として、もう一ヶ月以上も雛子の傍で過ごしている。雛子の考えていることも、少しずつ分かるようになってきた筈《はず》だが、最近になってまた考えが読めなくなってしまった。これは一体どういうことだろうか。

「いいから、髪《かみ》洗って」

「……ああ」

落《お》ち込《こ》むのは後にしよう。雛子の頭に手を伸ばす。

少しのぼせているのか、雛子の耳は赤く染まっていた。

「んふー……」

雛子が満足気な声を漏らす。

まあ、少なくとも嫌いな相手に髪は触《さわ》らせないだろう。

「……伊月」

「ん？」

シャンプーで雛子の髪を洗っていると、雛子が小さな声で言った。

「こういうの……天王寺さんとは、しないように」

何を言うかと思えば。

軽く吹《ふ》き出してしまった俺は、どこか安心した気持ちで答える。

「するわけないだろ」

俺がこの状況《じょうきょう》に慣れるまで、どれだけ苦労したと思っているんだ。

今でこそ意識せずにいられるが、お世話係になったばかりの頃は大変だった。

「ん？」

ふと、雛子の髪が水着の肩紐《かたひも》に挟《はさ》まっていることに気づく。

「ちょっとだけ肩紐をずらすぞ」

「……え？」

左の肩紐をずらして下げると、変な声が聞こえたような気がした。

「髪が長いと、こういうところが大変だな」

「い、つき……？」

「もうちょっと待ってくれ。すぐ終わらせるから」

「……っ！」

不意に、雛子がぴょんと飛び跳《は》ねて湯船に入った。

水面にプカプカと泡《あわ》が浮かぶ。その中心で雛子は、真っ赤な顔をしながらこちらを睨《にら》んでいた。

「む……っ！」

「む？」

「む、無神経……っ‼」

雛子は恥《は》ずかしそうに、両肩《りょうかた》に手を置いて自分を抱き締《し》める。

自分から水着を脱《ぬ》いでいた人物とは、思えない台詞だった。

「無神経って……」


翌日。

休み時間のうちに天王寺さんへ「例の件の許可が出た」と伝えると、早速《さっそく》、今日の放課後から勉強会を始めることになった。

「さあ、ビシバシ教えますわよ！」

「お、お手柔《てやわ》らかにお願いします……」

生徒たちが下校する中、俺と天王寺さんは食堂に隣接《りんせつ》したカフェで待ち合わせる。

今更だが俺の身は持つだろうか。そんな不安を抱いてしまうほど、天王寺さんはやる気満々だった。

「ふふふ……打倒《だとう》、此花雛子……！　今度こそ、あの造ったような笑みを引き攣《つ》らせてあげますわ……！」

悪魔《あくま》のような笑みを浮かべながら、天王寺さんが言う。

先に到着《とうちゃく》していた天王寺さんは、俺の分も含めて飲み物を注文していたらしく、俺が席につくと同時に紅茶が運ばれた。

「まずは目標を立てましょう。わたくしの目標は、次の実力試験で此花雛子に勝利することです」

優雅《ゆうが》にカップを傾《かたむ》けた天王寺さんが言う。

「次の実力試験って、いつでしたっけ？」

「一ヶ月後ですわ」

元々、天王寺さんと雛子の点数は僅差《きんさ》らしい。

一ヶ月間、猛勉強《もうべんきょう》したら天王寺さんが勝つ可能性も十分ある。

「友成さんには、その試験にて上位五十人の点数をとってもらいます」

「えっ」

突然《とつぜん》の宣言に、俺は驚く。

「五十人ですか……？　今が平均より少し下なのに、いきなりそれはちょっと……」

「心配無用ですわ。なにせ、このわたくしが手取り足取り教えるのですから」

自信満々に胸を張る天王寺さんに、俺は複雑な顔をした。

弱音を吐《は》けば吐くほど藪蛇《やぶへび》になりそうだ。ここは俺も彼女を信じて努力してみるとしよう。

「それと、友成さんはマナーを教わりたいと言っていましたが……そう思った切《き》っ掛《か》けはあるのですか？」

天王寺さんの問いに、俺は考えながら答えた。

「此花家の社交界に参加した時、感じたことなんですけれど……やっぱり俺はまだ、ああいう場で自然に過ごすのが苦手でして。せめて、恥《はじ》をかかないくらいの振《ふ》る舞《ま》いは身に付けたいなと」

「いい心掛《こころが》けです」

天王寺さんは満足気に頷《うなず》く。

「では、友成さんには社交界向けのマナーを教えましょう。テーブルマナーや話術、それにダンスも教えた方がいいですわね」

「ダ、ダンス？」

「友成さんは何が踊《おど》れますの？」

何がと言われても。

強《し》いて言うなら、体育祭の時に練習した――。

「……ソーラン節なら」

「はい？」

「すみません。何も踊れません」

流石《さすが》にソーラン節を社交界で踊るわけにはいかない。いや、逆にウケるかもしれないが、笑いと引き換《か》えに身分を失いそうである。

「ではダンスも基礎的《きそてき》なところから教えましょう」

天王寺さんが呟くように言う。

「大体の方針は固まりましたわね。では早速、授業を始めていきましょう。午後六時までは勉強、その後はマナーの授業をさせていただきますわ」

「はい、よろしくお願いします」

午後六時。

本日の勉強は滞《とどこお》りなく終わった。最後に教科書の課題を解いた俺は今、天王寺さんにその答え合わせをしてもらっている。

「……なるほど」

俺の解答を確認《かくにん》して、天王寺さんは呟いた。

「日頃《ひごろ》からちゃんと勉強しているようですわね。この分なら、以前より良い成績を取ることができるでしょう」

「ありがとうございます」

静音さんのレッスンも役に立ったが、やはり天王寺さんは同じ学生という立場なだけあって、より高い点数を取るための方法を教えてくれる。将来のことを考えれば幅広《はばひろ》い知識や技術を習得するべきかもしれないが、今の俺に必要なのは雛子の傍《そば》にいても不都合がない成績だった。

「天王寺さんは、どうですか？　この勉強会は役に立ちそうですか？」

「ええ。思った以上に有意義でしたわ。わたくし、人にものを教えることが好きなのかもしれません」

自分でも意外そうに天王寺さんは言う。

二人きりということもあり、今日の勉強会は俺も天王寺さんも集中することができた。しかし俺が集中して勉強できたのは、天王寺さんが真剣に教えてくれたからだろう。

「天王寺さんは、どうして此花さんにそこまで対抗《たいこう》意識を燃やしているんですか？」

ふと、俺は気になったことを口にした。

「別に深い理由はありませんわ」

天王寺さんは少し視線を下げてから、改めて俺の目を見て答える。

「念のため伝えておきますが、わたくしと此花さんの間にこれといった因縁《いんねん》はありません。……強いて言うなら、わたくしが天王寺家の娘《むすめ》である以上、他の学生に後《おく》れを取るわけにはいかないからです」

「それは……家訓みたいなものでしょうか」

「いいえ。わたくしが、わたくしのために定めたルールですわ」

どうしてそんな厳しいルールを自分に課したのだろうか。

疑問を抱く俺に、天王寺さんは続けて語った。

「この学院はいわば社会の縮図。ここで誰《だれ》かに負けているようでは、きっと将来も負けてしまいますの。……わたくしは、天王寺グループこそが日本で最も優《すぐ》れた企業《きぎょう》グループだと考えていますわ。である以上、わたくしの敗北はわたくしの信念に反しますの」

誇《ほこ》り高い考えだと思った。

前の高校でこんなことを言う人がいれば、きっと小馬鹿《こばか》にされていただろう。しかしこの学院は特殊《とくしゅ》な環境だ。天王寺さんの発言には現実味があり……何より、日頃から誠実に振る舞う天王寺さんが口にした言葉だからこそ、本気の意志が込められているように聞こえた。

しかし、一方で。

庶民として生まれ育った俺は、どうしてもこんな疑問を抱いてしまう。

「……その生き方を、苦しいと思ったことはありませんか？」

「全くありませんわ」

天王寺さんは即答《そくとう》した。

「天王寺家の娘として、天王寺家に貢献する。それがわたくしの使命であり……それこそが、わたくしの望む幸せですわ」

堂々と断言するその姿は、まさに天王寺さんらしい。

余計な疑問を抱いてしまったことを反省した。

「さて、次はマナーですわね」

教科書を仕舞《しま》い、天王寺さんがマナー講座の準備をする。

「天王寺さん。ひとつお願いがあるんですけど、まずはテーブルマナーを重点的に教えてもらってもいいでしょうか」

「それは構いませんが、何か理由がおありで？」

「はい。まあ……個人的な理由が」

上手《うま》く説明できる自信がないので、申し訳ないと思いながらも俺はお茶を濁《にご》した。天王寺さんも察したのか、詮索はしてこない。

「でしたら友成さん。今後、暫《しばら》くの間はわたくしと一緒《いっしょ》に夕食をとりませんか？」

「夕食、ですか？」

「ええ。テーブルマナーを実践《じっせん》形式で教えますわ。幸い、この学院なら様々な国の料理を食べられますから、充実《じゅうじつ》した授業ができるでしょう」

なるほど。このまま学院で夕食を済ましつつ、テーブルマナーを勉強するということか。効率的で是非《ぜひ》とも受け入れたい提案だが、念のため静音さんに相談しよう。

「ちょっと家に訊《き》いてみます」

そう言って俺は席を外し、校舎裏でスマホを取り出した。

『伊月様、どうしましたか？』

静音さんは俺のことを様付けで呼んだ。

傍で誰かが通話を聞いている可能性を考慮《こうりょ》して、俺の下につく使用人を装っているのだろう。

「天王寺さんの提案で、今日から暫くの間、学院で夕食を済ませてもいいですか？　テーブルマナーを教えてくれるみたいでして」

『承知いたしました。特に問題はございませんが……』

静音さんが途中《とちゅう》で言葉を止める。

『すみません。お嬢様《じょうさま》が代わって欲しいようなので、少々お待ちください』

雛子が？

何か用事でもあるのだろうか。

『伊月……？』

「ああ。どうかしたのか？」

『……今日、遅《おそ》くなるの？』

少し残念そうな声音《こわね》で雛子が訊く。

「今日というか、暫くは帰りが遅くなると思う」

答えると、雛子は数秒ほど沈黙《ちんもく》した。

『早めに……帰ってきてね』

そう言って雛子は静音さんに電話を返した。

『そういうわけですから、なるべく早めに帰ってきていただければ幸いです』

「……分かりました」

静音さんに何時頃迎《むか》えに来てもらうか、相談しながら考える。

本懐《ほんかい》を忘れてはならない。俺は雛子のお世話係だ。今は天王寺さんに色々と教えてもらっている立場だが、本末転倒《ほんまつてんとう》にならないよう、できるだけ雛子の傍にいよう。

「すみません、お待たせしました」

カフェに戻《もど》ると、天王寺さんは次の授業の準備を始めていた。

カフェの店員に頼《たの》んだのだろう。様々な食器が並べられている。

「これはまた、本格的ですね……」

「貴方《あなた》のやる気に応《こた》えているだけですわ」

天王寺さんは得意気に胸を張って言う。

「今更ですが、いいんでしょうか。俺ばかりこんな得をして」

「その話はもう終わった筈でしてよ。わたくしはわたくしなりに有意義な時間を過ごせていますから心配ご無用です」

そう言った天王寺さんは、小さな声で続けた。

「それに……今の貴方は、昔のわたくしと重なるので、少しお節介《せっかい》をしたくなっただけですわ」

その言葉に、俺は首を傾《かし》げた。

「それは、どういう……？」

「さあ、それでは授業を始めますわ」

はぐらかすように、天王寺さんは授業を開始した。


午後八時。

天王寺さんの授業が終わった後、俺は用意された車で此花家の屋敷《やしき》まで帰った。

「戻りました」

「お疲れ様です、伊月さん」

屋敷に入ると、すぐに静音さんと顔を合わせた。

「今後、暫くはこの時間に帰ると思います」

「承知いたしました。念のため何を学んだかお聞きしてもいいですか？」

「はい」

部屋まで向かいながら、天王寺さんに教わった内容を説明する。

「——という感じです」

「なるほど。……今度、改めて天王寺様にはお礼をした方がいいですね。話を聞く限り、随分《ずいぶん》と本格的に教えてもらっているようですから」

「……そうですね」

それは俺も実感していることだった。

天王寺さんは自分も有意義な時間を過ごせていると言っていたが、傍から見ればどう考えても俺が一方的に得をしている。また改めてお礼しよう。

「しかし、何故《なぜ》テーブルマナーを優先して学ぼうとしたのですか？」

「ああ、それはですね……」

少し気恥《きは》ずかしいが、静音さんになら言ってもいいだろう。

意図を説明する。

「そういうことでしたか」

静音さんは得心した様子で頷いた。

「お世話係の役目を忘れていないようで、何よりです」

「まあ……元々、そのために天王寺さんから色々教わっているようなものですから」

そう言うと、静音さんは満足気な笑《え》みを浮《う》かべた。

「では、お嬢様が伊月さんと会いたがっていますから、なるべく早く向かってあげてください」

「あれ、護身術のレッスンはなしですか？」

「ダンスの授業が始まれば体力も消耗《しょうもう》します。今後のことも考えて、一時的に護身術のレッスンは優先度を下げましょう」

天王寺さんと話し合った結果、ダンスの授業は大体一週間後から始める予定となっている。流石にカフェでダンスの授業をするわけにはいかないので、まずは会場を手配する必要があった。今日はその手配が済んでいなかったので、ダンスの授業はしていない。

「それに、最近は道場が埋《う》まっていることも多いので」

「埋まっている？」

訊き返すと、静音さんは複雑な顔をした。

「以前、貴方が此花家の護衛をボコボコにしたせいで、彼《かれ》らのプライドが著《いちじる》しく傷ついたようでして……あれ以来、道場で特訓している方が増えています」

「……なんか、すみません」

「伊月さんのせいではありません。寧《むし》ろ、彼らにとっては良い薬になりました」

溜息混じりに静音さんは言う。

「もし伊月さんが将来、此花家のボディーガードを目指すつもりでしたら、今すぐにでも護身術のレッスンを始めますが……いかがいたしましょうか？」

「……今のところそんな予定はないので、遠慮《えんりょ》しておきます」

「そうですか。残念です」

残念なのか……。

静音さんは、冗談《じょうだん》と本音の境目が分かりにくい人だが、今のは少しだけ本音に聞こえたような気がした。

あれ……いいのか？

そういう人生設計も、ありなのだろうか？

雛子を風呂に入れた後、俺は部屋に戻って明日の予習をしていた。

「流石に、頭が疲れてきたな」

ノートの上にペンを置いて、軽く伸びをする。

現在の時刻は午後十一時。今日は殆《ほとん》ど勉強漬《づ》けの一日となった。

「……いや、こういう時だからこそ、頑張《がんば》らないと」

再びペンを握《にぎ》り、教科書のページを捲《めく》る。天王寺さんにも、習慣的に勉強していることを褒《ほ》められたばかりだ。気を抜《ぬ》かずに頑張ろう。

我ながら随分と努力家になったものだと偶《たま》に思う。

貴皇学院で出会った人たちは皆、レベルが高い。彼らに引っ張られる形で、俺も毎日の勉強が習慣になっていた。最初は静音さんに指示された通りに勉強していただけだが、今は俺の意思で行っている。静音さんもそれを察したのか、最近はいちいち俺に「予習しなさい」「復習しなさい」と言わなくなった。

以前はここまで真剣に努力したことなんてなかった。誰かのためでもなく、自分のためですらなく、ただ無意味に高校へ通っていたような気がする。

「あいつら……今頃《いまごろ》、何してるだろうな」

お世話係になる前の人間関係を思い出す。

落ち着いたら、また会って話をしたいような気もした。

その時、ドアがノックされる。

「どうぞ」

ドアが開き、部屋に入ってきたのは雛子だった。

「え……雛子？」

「ん」

小さく声を発する雛子に、俺は驚愕《きょうがく》する。

「一人で来られたのか？　よく迷わなかったな」

「む……失礼な。ここは私の家」

いやいや、よくそんなことが言える。

忘れてはならない。この少女、一人にすると学院ですら迷うのだ。

「伊月の部屋、思ったより遠いね。……私の部屋から三十分くらいかかった」

「そんなかかんねーよ」

ダンジョンでも攻略《こうりゃく》しているのか？

「……何してるの？」

「明日の予習だ。天王寺さんにも色々教わってはいるけれど、あれは試験対策だからな。ちゃんと授業の方もついていけるよう頑張らないと」

切りのいいところまで勉強を終えた俺は、振り返って雛子の方を見る。

「何か用事か？」

「……別に」

「？　じゃあなんで来たんだ？」

そう訊くと、雛子は少し膨《ふく》れっ面《つら》をした。

「……用事がないと、来ちゃ駄目？」

「いや、別にそういうわけじゃないが……」

駄目というわけではないが、対応に困る。

何かを求められているわけではないようなので、雛子のことを気にしつつも勉強を再開した。

「むー……」

無言でカリカリとペンを走らせていると、雛子が唸《うな》り声《ごえ》を漏らす。

そして、コテンと俺のベッドに転がった。

「今日は……ここで寝《ね》る」

「え」

「寝る」

少しだけ強い口調で雛子は言った。

「俺の部屋からだと食堂が遠いから、明日の朝が面倒《めんどう》だぞ。寝るなら自分の部屋に戻った方が……」

「やー……」

もう既《すで》に眠《ねむ》りかけていた。

目をしぱしぱとする雛子に、思わず苦笑する。

「伊月ぃー……」

「ん？」

「……こっち来て」

「……はいはい」

勉強を切り上げて雛子の方へ向かう。

「……撫《な》でて」

眠たそうに目を細めながら、雛子は言った。

「社交界の時、頭を撫でたら嫌がっていたよな。今はいいのか？」

「……別に、嫌がったわけじゃない」

雛子はごろんと転がり、こちらに背を向けた。

「私……最近、変だから」

「変って……体調が悪いのか？」

「むー……」

心配して声を掛けると、雛子は頬《ほお》を膨らませた。

体調が悪いわけではないらしい。

ゆっくりと頭を撫でると、雛子は一瞬《いっしゅん》だけビクリと身体を動かしたが、すぐにじっとして受け入れた。その反応は最近まで見なかったものだ。嫌がっているわけではないとのことだが、やはり気になる。

「……俺も、眠くなってきたな」

雛子の頭を撫でながら、俺は床《ゆか》に腰《こし》を下ろして呟《つぶや》いた。

「……寝れば？」

「いや、その前に雛子を部屋まで運ばないといけないし……」

とか何とか言っているうちに、本当に眠たくなってきた。

今日はずっと頭を使っていたから、脳味噌《のうみそ》も疲《つか》れているのだろう。

いつの間にか俺は、睡魔《すいま》に飲まれ――――。


「……伊月？」

頭を撫でる手が止まり、雛子は静かに身体を起こす。

伊月はベッドの脇《わき》で、静かに寝息《ねいき》を立てていた。

雛子はできるだけ音を立てずに起き上がり、その様子を観察する。

「……寝顔《ねがお》、見るの初めてかも」

日頃の演技による疲労《ひろう》から、雛子は隙《すき》あらば眠っている。だから自分の寝顔を人に見られることはあっても、人の寝顔を見る機会は滅多《めった》にない。

「疲れてたの、かな……？」

思えば今日の伊月は、いつもより眠たそうに机に向かっていた。

疲れると眠りたくなる気持ちはよく分かる。雛子は伊月をこのまま眠らせたままにしておくと決めた。

机の上に広げられている勉強道具を見る。

ノートにびっしりと書《か》き込まれた数式を一瞥《いちべつ》した雛子は、ふと、ある物を目にした。

「これ……お世話係の、マニュアル？」

分厚い書物を手に取り、パラパラとページを捲った。

元々はお世話係にマニュアルなんてものは存在しなかった。しかし人員の交代があまりにも激しかったため、仕事を口頭で説明するには手間がかかってしまい、こうしてマニュアルを作成するに至ったのだ。

マニュアルには付箋《ふせん》や蛍光《けいこう》ペンで、注意するべき箇所《かしょ》が強調されている。

自由に記述できるメモのページを見ると、そこには雛子の好きなアイスの銘柄《めいがら》が幾《いく》つも記されていた。すぐ傍には「買える時に買って、部屋の冷凍庫で保存！」と強い筆跡《ひっせき》で走り書きもされている。

チクリ、と胸が痛んだ。

その痛みが治るよりも早く、部屋に誰かが入ってくる。

「お嬢様？」

静音が不思議そうな顔でこちらに歩み寄った。

「ドアが開いていましたので、気になって来てみましたが……」

「……しー」

雛子は唇《くちびる》の前で人差し指を立て、眠る伊月に視線を向けた。

その目配せに、静音は状況を察する。

「まったく。お嬢様より先に眠るなんて、お世話係失格ですね」

そう告げる静音だが、その表情は別に怒《おこ》っていなかった。

静音もまた、ここ最近の伊月の頑張りを認めているのかもしれない。

基本的に伊月は真面目《まじめ》だ。静音が何も言わなくても、起きたら自《おの》ずと反省するだろう。

「お嬢様。よろしければお部屋まで案内しますが」

「……ん」

頷いた雛子は、静音と共に部屋を出る。

「静音」

「はい」

「私……変」

呟くように、雛子は言った。

「伊月がお世話係になってくれて、嬉《うれ》しいのに……伊月にお世話されてるって思うと、偶に嫌《いや》な気持ちになる」

「……嫌な気持ち、ですか」

少し前までの静音なら、伊月に何か原因があるのではないかと疑っていたが、今は違《ちが》う。

一ヶ月以上、同じ屋根の下で働いているのだ。伊月が誠実な人間であることを、静音はよく理解していた。

「伊月さんが、お世話係であることに不満がありますか？」

「……それはない」

雛子は首を横に振る。しかし、その表情は不安気だった。

部屋の前に辿《たど》り着き、静音がドアを開いた。雛子はゆっくり中へ入る。

「ない、けど……それだけじゃ、いや」

そう言って雛子はベッドに身体を沈《しず》めた。

瞼《まぶた》の上に腕《うで》を置いて、雛子は不安を吐露《とろ》する。

「伊月が、私の言うことを聞いてくれるのは……仕事だから？」

その言葉を聞いて、静音は漸《よう》く《や》雛子が抱《かか》える不安の正体を察した。

思わず微笑《ほほえ》ましい気持ちになるが、表情の変化をぐっと堪《こら》える。

「ご安心ください」

優《やさ》しい声音で、静音は言った。

「伊月さんがお嬢様の傍にいるのは、単に仕事のためだけではありませんから」

「……ほんと？」

「はい。もう少しだけ待っていただければ、それが分かると思いますよ」

元々、伊月がお世話係の仕事を引き受けたのは、単に金がなかったからだ。

しかし単に金だけが目的なら、華厳に抗議《こうぎ》してまで再びお世話係になろうとは思わなかっただろう。

昔はともかく今の伊月は違う。今の伊月は、仕事以上の何かを感じてお世話係に臨《のぞ》んでいる。

雛子は肝心《かんじん》なところで鈍感《どんかん》だ。

そんなこと、考えればすぐに分かることなのに。

「しかし、初めてですね。お嬢様がこうして私に個人的な相談をするなんて」

「……そう、だっけ？」

「はい」

んー？　と首を傾げながら、雛子は過去を思い出す。

その様子を見て静音は微笑《びしょう》を浮かべた。静音の胸中に、娘の成長を見届けるような気分が去来する。

「……いけませんね」

まだ母親になるつもりはない。

いつの間にか眠っている雛子に布団《ふとん》を掛けた後、静音は部屋を出た。

天王寺さんと共に放課後を過ごすようになってから、早一週間が経過した。

「おはようございます」

教室のドアを開けて、朝の挨拶《あいさつ》を済ませる。

近くにいた生徒たちが人当たりの良い笑みを浮かべて挨拶を返してくれた。少し温かい気分になりながら、自分の席に座《すわ》る。

最近……ほんの少しではあるが、貴皇学院の空気に適応できている実感があった。慣れもあるのだろうが、恐《おそ》らく天王寺さんにマナーを教わったことが切っ掛けだろう。マナーに詳《くわ》しくなればなるほど、この学院の生徒たちがどれだけマナーに気を遣《つか》っているのかがよく分かる。そうした彼らの努力に応えたいという気持ちが、いつの間にか俺《おれ》自身の向上心に繋《つな》がっているようだった。

「よぉ、友成」

「おはよー友成君」

大正と旭さんが近づいてくる。

「そういえば友成。お前、最近、天王寺さんと何かやってるのか?」

不意に大正が訊いた。

「ふっふっふ……目撃《もくげき》情報は結構あるよ～？　なんでもここ最近、放課後になると毎日会ってるみたいだね」

旭さんも面白《おもしろ》そうに言う。

なんだか的外れな推測を立てられているような気がしたため、説明することにした。

「実は最近、天王寺さんにマナーを教わっていまして」

「マナー？」

訊き返す旭さんに、俺は頷く。

「以前やった勉強会の延長みたいなものです」

「なーんだ、てっきりアタシは友成君が逆玉《たま》の輿《こし》を狙《ねら》っているのかと思ったよ」

「残念ながら違います」

とんでもない邪推《じゃすい》をしていた旭さんに、俺はきっぱりと言う。

「お、噂《うわさ》をすればだな」

大正が教室のドア付近を見て言う。

釣《つ》られて見れば、そこには天王寺さんの姿があった。

天王寺さんはこちらを――というより俺に視線を注ぎながら、手招きしている。

何かあったのだろうかと思い、俺は天王寺さんのもとへ向かった。

「天王寺さん、おはようございます。どうかしました？」

「おはようございます。実は少し相談したいことがありますの」

相談？

「わたくしも今日まで忘れていましたが、普段《ふだん》、わたくしたちが利用しているカフェには定休日がありますの。それが本日なのですわ」

「あ……そうなんですね」

普段、俺たちは放課後になると、食堂の隣《となり》にあるカフェで勉強会を行っている。あのカフェには様々な国のメニューがあるため、テーブルマナーの実践《じっせん》練習をするためにも重宝していた。

「それじゃあ今日は他の場所で勉強会をして……マナーの授業は休み、ですかね」

「それも考えたのですが、ひとつ提案がありますわ」

天王寺さんが言う。

「わたくしの家に来ませんか？」

「……はい？」

唐突《とうとつ》な提案に、俺は首を傾げた。

「マナーを身に付けるにあたって、大敵となるのは慣れですの。最初はどれだけ緊張《きんちょう》感を持って勉強していても、状況《じょうきょう》や環境《かんきょう》に慣れると誰だって自然に落ち着いてしまいますわ。……ですがその落ち着きは、あくまで状況に慣れただけであり、決してマナーを身に付けたことで得たものではありません」

「それは、そうかもしれませんね」

「ええ。ですから友成さんの慣れを防止するためにも、定期的に場所を変えたほうがよいと考えたのです。いい機会ですから一度わたくしの家で勉強会をしてみませんか？」

理路整然とした説明を、天王寺さんはする。

その提案に、俺は——。


「……というわけなんだが、どうだろうか」

昼休み。

いつも通り旧生徒会館で雛子と合流した俺は、天王寺さんから受けた提案を雛子と共有した。

学院内での人間関係は自由にしていいと言われているが、それでも俺は雛子のお世話係である。まずは雛子の意見を聞くのが筋だろう。

「……む」

「雛子？」

「むむむ……」

珍《めずら》しく雛子は真剣《しんけん》に考えていた。

正直、そこまで深刻に悩《なや》む必要はないと思うが……雛子は腕を組み、非常に難しい顔をしている。

「……伊月」

「ん？」

「…………………………………………泊《と》まるの？」

何故か視線を合わさずに、雛子は恐る恐る訊いた。

「いや、日帰りのつもりだけど」

「…………なら、いい」

そう口では言いつつ、雛子はまだ複雑な表情をしていた。

「伊月。……天王寺さんとの勉強会、楽しい？」

「まあな。天王寺さんは知人が相手でも妥協《だきょう》を許さないタイプだから、俺も自然と身が入るというか……」

「……ふぅん」

知人が相手でも厳しく接することができる人は貴重だ。普通《ふつう》、知人が相手になるとどうしても「嫌《きら》われたくない」という気持ちが先行してしまいそうだが、天王寺さんにはそれがない。恐らく自分に絶対的な自信があるから、相手にどう思われるかよりも、自分がどう行動するかに重きを置くことができているのだろう。

あのような堂々とした振《ふ》る舞《ま》いは、今の俺の立場を無視しても素直《すなお》に憧《あこが》れる。

そんな風に考えていると、雛子が制服の裾《すそ》を引っ張ってきた。

「……私の、お世話係だから」

「え？」

「伊月は……私の、お世話係だから」

至近距離《きょり》で真《ま》っ直《す》ぐ見つめられる。

端整《たんせい》な顔立ちが鼻先に広がっており、少し動揺《どうよう》した。同じ屋敷で暮らしているのに、何故か雛子からはいい香《かお》りがする。

「……分かってる」

ゆっくりと息を吐《は》くことで動揺を押《お》し殺す。

それから俺は、手元の弁当箱に視線を注いだ。

「分かってるから、取《と》り敢《あ》えず……こっそり俺の弁当に野菜を入れるのはやめてくれ」

「…………ばれちった」

抜け目がないご主人様である。

二章◆ようこそ天王寺家へ

天王寺家への訪問について、雛子《ひなこ》から許可を貰《もら》った俺は、すぐに静音《しずね》さんからも許可を貰った。

放課後。俺は天王寺さんと一緒の車に乗り、彼女《かのじょ》が普段から生活しているという屋敷に向かう。

「ここが、天王寺さんの家……」

天王寺さんも雛子と同じく、普段は別邸《べってい》で過ごしているらしいので、俺は本邸《ほんてい》ではなく別邸の方に案内された。しかし雛子の時も思ったが、別邸とは思えないほどの大きな屋敷である。

しかし外観は此花《このはな》家と比べると大分違う。

一言で言えば派手だ。大きな門の向こう側には壮麗《そうれい》な庭園が広がっており、植えられた色取り取りの花は遠目から見ても美しく感じた。道行く人々は、きっとこの光景を見て思わず足を止めてしまうだろう。屋敷を囲む門と壁《かべ》にも精緻《せいち》な装飾《そうしょく》が施《ほどこ》されており、まるでひとつの芸術を眺《なが》めているかのような気分に浸《ひた》れた。

「此花家と比べると、随分と派手というか、華《はな》やかというか……」

思わず、そんな呟きが唇から漏《も》れた。

「此花さんの家を知っているのですか？」

「あ、いえ、その……親の都合で、何回か挨拶に行ったことがあるんですよ」

「なるほど、そうだったのですね」

うっかり口が滑《すべ》りそうになった。

実際は、挨拶どころか毎日そこで暮らしている。だがそれを悟《さと》られてはいけない。

門が開き、複数の使用人たちに囲まれながら俺たちは屋敷へ向かう。

幅《はば》の広い道には塵《ちり》一つ落ちていない。手入れが行き届いていた。

「華やかに、堂々と。それが天王寺家の方針ですわ。たとえ別邸でもその理念は変わりません。……この庭園も、ちゃんと門の外から見ても美しく感じるよう計算されていますのよ？」

「……確かに、美しいと思いました」

そう告げると、天王寺さんは嬉しそうに微笑んだ。

屋敷の中に入る。予想はしていたが内装もかなり華やかだった。高級感ある赤い絨毯《じゅうたん》と、金色や銀色の装飾がそこかしこに見える。しかしいずれも過度に自己主張はしておらず、光の照り返しや配置が計算されており、あくまで背景として存在していた。

まるで映画のセットを見ているかのようだ。

「おお美麗《みれい》！　帰ってきたか！」

その時、二階から男性の声がした。

「あら、お父様。ただいま戻りましたわ」

天王寺さんがそう告げたので、俺はすぐに姿勢を正した。

白い螺旋《らせん》階段から一人の男性が下りてくる。オールバックの髪型《かみがた》に、ダンディズムのある顎髭《あごひげ》が特徴的《とくちょうてき》な男だ。体格も大きく、力強い印象を受けた。

こちらに近づいてくるその人物を見て、俺は急に緊張する。

「て、天王寺さんの……父親、ですか？」

「ええ。わたくしが本日、友成《ともなり》さんを家に招くと伝えたら、是非《ぜひ》会いたいと仰《おっしゃ》っていたので」

心の準備ができていなかった。急いで落ち着きを取り戻す。

目の前までやって来た天王寺さんの父親に対し、俺は深々と頭を下げた。

「は、はじめまして、友成伊月《いつき》と申します。天王寺さんにはいつも学院でお世話になっています」

「うむ。私は天王寺雅継《まさつぐ》だ。今日は是非、寛《くつろ》いでいってくれ」

その口調から親しみを感じて、少しだけ緊張が弛緩《しかん》した。

「お父様。本日は親睦《しんぼく》を深めるためではなく、勉強会をするためにお越《こ》しいただいたのですよ」

「おお、そうだったな！　では存分に勉強してくれ！」

雅継さんは明るい笑みを浮かべて言った。

しかし次の瞬間《しゅんかん》には、その目がスッと細められ、耳打ちされる。

「時に友成君。娘《むすめ》とはどういう関係かね？」

「え？　えっと、同じ学院の生徒ですが……」

「本当にそれだけかね？　何か怪《あや》しい関係だったりしないかね？　こう、男女の関係というか――」

「――お父様！」

天王寺さんが鋭《するど》い声を発する。

「まったく。……わたくしたちは、そんな不純な関係ではありませんわ」

「うむ、美麗が言うならその通りなのだろうな」

頬を赤らめて言う天王寺さんに、雅継さんは首を縦に振った。

雅継さんは、思ったよりもユーモラスな人かもしれない。――いや、油断はできない。華厳《かげん》さんだって、最初は優しくて娘想《むすめおも》いだと感じたのだ。もしかすると雅継さんにも冷徹《れいてつ》な一面があるかもしれない。

「美麗、確かテーブルマナーの勉強がしたいのだったか?」

「ええ。できればイギリス式の食事でお願いいたしますわ」

その言葉を聞いた雅継さんは、顎《あご》に指を添《そ》える。

「よし……折角《せっかく》だ。私も同席しよう」

ちらりとこちらを一瞥して、雅継さんは言った。

「……え?」

正直、天王寺家で勉強会をするだけでもハードルが高いのに。

俺はこれから、国を代表する企業《きぎょう》の社長と一緒《いっしょ》に食事をするのか……?

雅継さんの提案によって、俺はそのまま天王寺家の食卓《しょくたく》に招かれた。

勉強会のつもりが、いきなりの実践である。しかし困惑《こんわく》する俺を他所に、天王寺さんは乗り気だった。「練習より実践の方が身になるに決まっていますわ」……などと言われると、こちらも頷《うなず》くしかない。

午後七時。

目の前に並べられたイギリス式の料理を平らげた俺は、ナプキンの内側で口元を拭《ぬぐ》い、カトラリーを皿の上に置いた。

「ご馳走様《ちそうさま》でした」

その言葉を口にすると同時に、張り詰《つ》めていた気持ちが少しだけ緩《ゆる》くなった。

正直、あまり味を楽しむ余裕《よゆう》がなかった。きっとハイレベルな料理を出されていたのだろうが、俺はマナーの実践と、緊張を顔に出さないことで頭が一杯《いっぱい》だった。

「……ふむ」

向かいに座る雅継さんが、こちらを真っ直ぐ見据《みす》える。

「なんだ、しっかりしているではないか。少なくとも今回、私は君と食事をして不快感を覚えることはなかったぞ」

「あ、ありがとうございます」

賞賛を受けて、頭を下げる。

「お父様、少々判定が甘《あま》いのではなくて？　まだスープを飲む際の動きがぎこちないですわ」

そう言って天王寺さんは紅茶入りのカップを口元で傾《かたむ》ける。

その優雅《ゆうが》な動きは、中々真似《まね》できるものではなかった。

「確かに、多少緊張している点は気になったが……まあそれは、この私が相手なのだから仕方ないな！　わはははっ！」

雅継さんが豪快《ごうかい》に笑う。

張り詰めていた緊張が、おかげで和《やわ》らいだ。

冷静に考えれば……これはいい機会かもしれない。

今回のように、上流階級の中でも特に高い立場である人から色々と話を聞くことができるのは貴重な体験だ。此花家の当主である華厳さんは、いつも本邸の方で仕事をしているため滅多に会うことができない。

「あの……こういう場面で、緊張しないコツとかってあるんでしょうか？」

折角の機会なので、何かアドバイスが欲《ほ》しい。

そう思い、俺は雅継さんに質問した。

「ふむ。……逆に訊《き》くが、こういう場面で緊張しない人間がいると思うかね？」

雅継さんに訊き返される。

その問いに俺は即答《そくとう》できなかった。少なくとも今回の食事中、雅継さんに緊張している様子はなかったが……。

「恐らく君がその質問を私にした理由は、私が緊張とは無縁《むえん》な人間に見えたからだろう？」

「えっ⁉　い、いえ、そういうわけでは……」

「本当のところは？」

「…………その、少し」

「わははは！　正直でよろしい！」

雅継さんが楽しそうに笑う。

しかし、俺は別に雅継さんを馬鹿《ばか》にしているわけではない。寧《むし》ろ反対で、その堂々とした振る舞いに憧れて先程《さきほど》の質問をしたのだ。

「確かに私は、殆ど緊張とは無縁の人間だ。誰《だれ》に対してもこの態度を貫《つらぬ》くことができる」

「誰に対しても、ですか……？」

「うむ。私は総理大臣の前でもこの態度を崩《くず》さんよ」

総理大臣という単語が飛び出たことで、内心、驚愕する。しかし天王寺グループのトップがその単語を口にしても、何ら不思議ではない。その気になったら気軽に会食できるような立場なのだろう。

しかし、総理大臣が相手でもこの態度を貫くというのは流石《さすが》に驚《おどろ》いた。

冗談《じょうだん》で言っているのではないのだろう。雅継さんは当然のように告げていた。

「ただしそれは、現時点での話だ」

雅継さんが補足する。

「誰しも最初からこのような態度は取れんよ。私とて若い頃《ころ》は苦労したものだ。長い時間をかけて、色んな成果を積み上げてきたからこそ、今の私がある」

そう言って雅継さんは、強い意志を秘《ひ》めた目で俺を見た。

「実績を作りなさい。とにかく行動しなさい。……たとえ失敗しても構わない。いざという時に自分を支えてくれるのは、過去の自分の行いだ」

貫禄《かんろく》の込《こ》められた言葉が、告げられる。

「君も、何かひとつくらいあるだろう？　強い信念を持って成《な》し遂《と》げた何かが」

その問いに、俺は半月ほど前のことを思い出した。

お世話係を解任されて、雛子と離《はな》れればなれになりそうだった、あの時。俺はもう一度、雛子の隣に立ちたいと思って此花家に侵入《しんにゅう》した。あの感情は信念に他《ほか》ならない。

「──はい」

自分でも不思議なくらい、堂々と断言できた。

そんな俺を見て、雅継さんは満足気に頷く。

「うむ、良い目だ。その経験はきっと君の芯《しん》になるだろう。そういうものを増やしていくといい」

雅継さんが話を締《し》め括《くく》ると同時に、傍《そば》にいた使用人たちが食卓の皿を片付け始める。

なんとなく、雅継さんの凄《すご》さが分かったような気がした。

この人は華厳さんと違って、あまり厳《おごそ》かな空気を醸《かも》し出さない。しかしそれは厳かな態度が苦手だからではなく、単に必要としていないからだ。

雅継さんは、わざわざ畏《かしこ》まった態度を取らなくても、相手に裏切られることはないと信じているのだ。

相手の誠意に期待しているわけではない。相手が誠意しか持てないくらい、雅継さんは今まで奮闘《ふんとう》してきた。そんな過去の自分を信頼《しんらい》している。

「む」

その時、近くで雷《かみなり》の落ちる音がした。

雅継さんが僅《わず》かに声を漏らし、窓を見る。俺も釣られて窓の外を見た。

「雨？　いつの間に……」

「食事を始めた辺りから降っていましたわ。友成さんは緊張のあまり、気づいていないようでしたが」

天王寺さんが呆《あき》れた様子で言う。

仰る通り、全く気づいていなかった。

「大雨警報が出ているな。今朝のニュースでは小降りと聞いていたが……」

雅継さんが手元のタブレットを見ながら言う。

「お父様……」

「うむ。それがいいだろうな」

天王寺さんと雅継さんが、何やらアイコンタクトしていた。

雅継さんはタブレットをテーブルに置いて、こちらを見る。

「友成君、今日はうちに泊まっていきなさい」

「……はい？」

唐突な提案に、思わず訊き返す。

「泊まるって……い、いいんですか？」

「ええ。この天気の中、お客様を外に出す方が失礼ですわ」

天王寺さんが当然のように言う。

その考えは分からなくもない。分からなくもないが……。

「……すみません、一度相談してみます」

　そう言って俺は席を立ち、静音さんに電話した。

『はい。どうされましたか？』

　すぐに静音さんが電話に出る。

「実は――」

　俺は、天王寺さんに宿泊《しゅくはく》することを勧《すす》められている旨《むね》を説明した。

『なるほど。まあ、この雨ですからね。こちらもある程度は予想していました』

　当初の予定では、勉強会を終えると静音さんが迎《むか》えに来てくれる筈《はず》だった。しかし天王寺さんは、この雨の中で車を走らせるのは申し訳ないと思ったのだろう。

『幸い明日は休日ですし、スケジュール的には問題ありません。しかし、そうなるとお嬢《じょう》様《さま》が……』

　静音さんが言葉を濁《にご》す。

「雛子が、どうかしましたか？」

『…………物凄《ものすご》く拗《す》ねることが、想像に難《かた》くないので』

　そう言えば今日の昼休みも、雛子はどこか不安気な様子で「泊まるの？」と訊いていた。緊急《きんきゅう》時のやむを得ない措置《そち》とは言え、今日中に帰ると約束していたにも拘《かかわ》らずそれを破るのだから、罪悪感を抱く。

「あの、これで雛子の機嫌《きげん》が直るかどうかは分かりませんが……」

前置きして、静音さんに提案する。

「実はですね。今日、天王寺さんの父親……雅継さんに、テーブルマナーのお墨付《すみつ》きを貰いまして。なので、明日は予定通りに手配していただけると……」

『……分かりました。準備しておきます』

ちょっとした打ち合わせを済ませる。

静音さんは報連相が効率的でありがたい。

『とにかく、宿泊については問題ありません。粗相《そそう》のないようにお願いいたします』

「はい」

そう言って、俺は静音さんとの通話を切った。

それから、再び天王寺さんたちが待つ食卓の方に向かう。

「お待たせしました。大丈夫《だいじょうぶ》みたいですので、本日はお世話になります」

「うむ！　では早速《さっそく》、客室を用意しよう！」

雅継さんが楽しそうに言うと、傍にいた使用人が素早《すばや》く何処《どこ》かへ移動した。恐らく俺の客室を準備しに行ったのだろう。

「私はこれから仕事がある。友成君は好きに寛いでくれたまえ」

「はい。ありがとうございます」

　席を立つ雅継さんに、俺はできるだけ誠意を込めて礼を伝えた。

　今日は貴重な経験ができた。先程、雅継さんから受けたアドバイスも、しっかり今後に活《い》かそうと思う。

「では友成さん、客室へ案内いたしますわ」

　天王寺さんに客室まで案内される。

　流石は天王寺家と言うべきか。フロントだけでなく、客室へ繋がる通路までもが豪奢《ごうしゃ》な雰囲気《ふんいき》だ。

「こちらが友成さんの部屋になりますわ」

　天王寺さんが部屋のドアを開ける。

　ドアの先には、テレビやソファが置いてある十二畳《じょう》ほどの一室が広がっていた。これだけでも十分、持て余してしまうほどの広さだが、どうやら奥《おく》に寝室《しんしつ》専用の部屋まで用意されているらしい。

「広い、ですね……」

「そうですの？　このくらい普通だと思いますが」

　天王寺さんは不思議そうに言う。

冷静に考えれば、俺は此花家で過ごしているとは言え、使用人向けの部屋を使っているのだ。きっと此花家も客室となれば、このくらい広いのだろう。

「それと、あちらのクローゼットに着替《きが》えが入っていますから、大浴場をご利用の際はお忘れなく」

「大浴場って……え、俺が使ってもいいんですか？」

「当然ですわ。というか是非、使ってくださいまし。当家自慢《じまん》のお風呂《ふろ》ですのよ」

天王寺さんが胸を張って言う。

そこまで言うなら、使わせてもらおう。

「では、わたくしはお風呂に入ってきます。何かあれば辺りにいる使用人にご連絡《れんらく》をどうぞ」

「分かりました」

天王寺さんが部屋を出て行く。

扉《とびら》が閉められると同時に、ふぅ、と小さく息を零《こぼ》した。

「……色々と、想定外が多い一日だな」

一応、異性の家にお泊まりということになるが……家の規模が大きすぎるので、あまりそのような実感はない。勿論《もちろん》、違う意味では緊張するが。

「まあ、でも、得るものはあったか」

雅継さんから身になる話を聞くことができたのは大きい。

それに、今後も雛子のお世話係として働くことを考えると、いずれは今回のように他人の家に招待されることもあるだろう。これはその予行演習に成り得る。

「……俺も、風呂に入るか」

少し気分を落ち着かせたい。

天王寺さんが自慢していた風呂で、のんびり過ごすことにしよう。


部屋にあったバスローブを持った俺は、客室から少し歩いたところで待機していた使用人に、大浴場まで案内してもらった。脱衣所《だつい》で服を脱《ぬ》ぎ、少しワクワクした気分で風呂の扉を開く。

「おぉ……これは確かに、自慢したくなる風呂だ」

天王寺家の大浴場は、別邸とは思えないほどゴージャスな造りをしていた。

学校のプールと同じくらい広い浴場が二つあり、更《さら》に露天風呂《ろてんぶろ》まで用意されている。蛇《じゃ》口《ぐち》が金色のライオンであることは薄々《うすうす》予想していたが、随分《ずいぶん》と大きくて目立つ像だった。

「天井《てんじょう》……高っ」

湯気が雲のように、天井付近で固まっている。

普段は見られない光景を楽しみつつ、軽く身体を洗った俺は湯船に浸《つ》かった。

「はぁ……………生き返る」

別に死んではいないが。

一人になると、つい定番の呟《つぶや》きを口にしてしまう。

そういえば一人で風呂に入るのは久しぶりだ。お世話係になって以来、ずっと雛子と一緒に入っていたので、今日はいつもより落ち着いていた。

一人でのんびりと入る風呂も悪くない。

悪くはないが、やはりどこか寂《さび》しいとも感じる。なんだかんだ、俺は雛子と一緒にいることで居心地《いごこち》の良さを感じていたのかもしれない。

「……あら？」

その時、背後から女性の声がした。

あまりにも予想外なので、思わず硬直《こうちょく》する。声がした方をよく見れば、湯気の中に人影《ひとかげ》が佇《たたず》んでいることに気づいた。

「ま、まさか……天王寺さん？」

「はい、天王寺ですが」

随分と落ち着いた声音《こわね》で返事がされる。

だが、それは俺が知る天王寺さんの声ではなかった。似ているが、微妙《びみょう》に違《ちが》う。口調もいつもとは異なっているように思える。

湯気の向こうから、誰かが近づいてきた。

その人物は――栗色《くりいろ》の髪《かみ》を後ろでまとめた、若い女性だった。上気して赤く染まった頬《ほお》や、瑞々《みずみず》しい肌《はだ》に滴《したた》る水を見て、思わず視線を逸《そ》らす。

しかしその女性は、悲鳴を上げることもなく、この場から立ち去ることもなく、それどころか更にこちらへ近づいてきた。

「あらまあ、こんなところで会うなんて。うふふ、面白い初対面になりましたね」

おっとりとした雰囲気を醸し出すその女性は、口元を手で隠《かく》しながら微笑《ほほえ》んだ。

「貴方《あなた》が、友成さんね。……はじめまして。私は天王寺花美《はなみ》、美麗の母親です。いつも娘がお世話になっています」

「あ……その、友成伊月です。こちらこそ、天王寺……美麗さんにはいつもお世話になっています」

「あら、礼儀《れいぎ》正《ただ》しくていい子ね～」

硬直する俺を他所に、花美さんは感心した様子で笑《え》みを浮《う》かべる。

同級生の母親にしては随分と若い。二十代の前半にしか見えない容姿だ。風呂に入っているのだから、恐《おそ》らく化粧《けしょう》も落としているだろう。それでこの見た目なのだから、正直、天王寺さんの母親であると言われても信じがたい。

「友成さんはとても勉強熱心な方だと、いつも美麗から聞いているわ。客室だけじゃなく、この屋敷《やしき》にあるものは好きに使ってちょうだいね」

「あ、ありがとうございます……」

褒《ほ》められたので、思わずこちらも頭を下げる。

そこで漸《ようや》く俺《おれ》は正気を取り戻《もど》した。

「――いや！　そんなことより！　ここ、男風呂だと思うんですが!!」

「あら？　それは本当？」

花美さんは暢気《のんき》に首を傾《かし》げた。

どうしてこの人は、裸《はだか》の男を前にしてこんなに落ち着いているのだろうか。

「本当だと、思いますけど」

「あらあら～、それは困りましたねぇ」

俺の方がもっと困っている。

客である俺ならともかく、この家のことをよく知るであろう目の前の女性が、男風呂と女風呂を間違《まちが》えることなんてあるだろうか。いっそ俺の方がおかしいのではないかと錯覚《さっかく》すら抱く。

「折角だから、一緒に入っちゃいましょうか～」

「はい⁉」

頭がクラクラしてきた。

距離感がよく分からない。まさかこの人は、俺のことを小学生かそのくらいの子供とでも見ているのだろうか。

「友成さん？」

困惑していると、壁の向こうから少女の声がした。

「その声……天王寺さん？」

「ええ、わたくしですわ」

天王寺さん（本物）だ！

よかった、彼女ならこの状況をなんとかしてくれるかもしれない。

「それより、どうかしまして？　随分と騒《さわ》がしくしていましたが……」

壁を挟《はさ》んだ向こう側には女風呂があるらしい。

天王寺さんの心配するような声に、俺はできるだけ花美さんから目を逸らしながら説明しようとした。

「ああ、実は――」

「――あら、美麗。そっちにいるのね？」

こちらが説明するよりも早く、花美さんが言う。

一瞬《いっしゅん》、時が凍《こお》ったかのように思えた。壁の向こうにいる天王寺さんは声を発さない。ぴちょん、ぴちょんと水滴《すいてき》の垂れる音だけが、やたら大きく聞こえた。

「お、お母様っ⁉　どうしてそちらへ――っ⁉」

再起動したらしい天王寺さんが、大きな声で言う。

「ごめんね～、美麗。私、また間違えちゃったみたい」

「こここ、今回ばかりは洒落《しゃれ》になっていませんわよ！　すぐにそこから立ち去ってくださいまし！　は、母親の裸を同級生の男子に見られるなんて、黒歴史は避《さ》けられませんわ‼」

それはそうだろうな……。

「え～。でも折角だし、私、友成さんと色々お話ししたいわ～」

「お母様‼」

「いっそ、美麗もこっちに来たらいいんじゃない？」

「お母様⁉」

「友成さん、結構いい身体つきよ？」

天王寺さんからの返事がなくなった。

暫《しばら》く待っていると、脱衣所の方からドタドタと慌《あわ》ただしい足音が聞こえ──。

「──お母様ッ‼」

大きな音を立てて、天王寺さんが男風呂のドアを開いた。

そちらに振り向いた俺は──すぐに目を逸らす。

天王寺さんは裸にバスタオルを一枚だけ巻いたような姿だった。雛子と違って発育がいい天王寺さんは、バスタオルを巻いていても色々と危なっかしくて直視できない。更に風呂に入っていたからか、今の天王寺さんはいつもと違って髪を下ろしており、それが妙《みょう》に大人っぽくて思わず見惚《みと》れてしまいそうになった。

「さ、さあ！　すぐにそこから出ますわよ！　お、お母様も女性なのですから、もう少し慎《つつし》みを持ってくださいまし‼」

「はいはい、まったく仕方ないわね」

そう言って花美さんは立ち上がる。

すぐに目を閉じようとした俺は、その直前、視界の端《はし》に映る花美さんの姿が裸でないことに気づいた。

「み、水着………？」

「お母さん、さっきまでプールで泳いでいたから、そのままお風呂に来たのよ～。流石に裸だと恥《は》ずかしいでしょ？」

呆然《ぼうぜん》とする天王寺さんに、花美さんは遅《おそ》すぎた説明をする。

いや、貴女《あなた》が水着でも、俺は裸なんですけど……。

「それより美麗。……貴女こそ、慎みを持った方がいいんじゃない？」

花美さんが天王寺さんの方を見て言う。

慌てていたせいで、自分が今どんな姿をしているのか自覚がなかったのだろう。天王寺さんは視線を下ろし、自分がバスタオル一枚しか纏《まと》っていないことに気づくと、顔を真っ赤に染めて――。

「ひぃあぁあぁあぁあぁあぁあぁあぁ――――っ⁉」

広々とした浴場に、天王寺さんの悲鳴が響《ひび》いた。

ここに来た時以上に大きな足音を立てて、天王寺さんは去っていく。

「あらあら、騒がしいわね」

「……半分以上は、貴女のせいだと思いますけど」

どこか楽しそうに微笑む花美さんに対し、俺は深く溜息《ためいき》を吐《つ》いた。

「ところで、友成さん」

急に、花美さんは真面目《まじめ》な面持《おもも》ちでこちらを見た。

水着を着ているとはいえ、花美さんの姿は健全な男子にとって刺激的《しげきてき》である。俺は身体の正面を花美さんの方に向けつつ、少しだけ視線を逸らしながら話を聞いた。

「美麗は学院で、楽しそうに過ごせているかしら？」

真面目なトーンで繰《く》り出された質問は、天王寺さんに関することだった。

母親として娘のことが気になったのだろうか。もしかすれば花美さんは、最初から俺にこの質問がしたかっただけなのかもしれない。

俺は、学院にいる時の天王寺さんを思い出して……はっきりと、首を縦に振《ふ》った。

「はい。天王寺さんは、いつも堂々としていて、どんなことにも真《ま》っ直《す》ぐで……きっと、毎日楽しく過ごしているかと思います」

「……そう。ならよかったわ」

花美さんは柔和《にゅうわ》な笑みを浮かべた。

その表情は、本当に心の底から安堵《あんど》しているように見えた。

風呂場《ふろば》で一騒動《ひとそうどう》あった後、俺は客室に戻って勉強していた。

「……取《と》り敢《あ》えず、今日のノルマはこれで終わりだな」

静音さんに与《あた》えられた予習・復習のノルマを終える。最近は天王寺さんからも勉強を教わっているため、静音さんのノルマは少し抑《おさ》えめになっていた。とはいえ集中して臨《のぞ》まねば長々と時間を費やす羽目になるため、気を抜《ぬ》くことはできない。

「……もう少しだけ、頑張《がんば》ってみるか」

いつもと違う環境《かんきょう》で勉強しているからか、よく集中できている。適度な緊張《きんちょう》は、気の緩みや睡魔《すいま》を遠ざけてくれるようだった。

気合を入れ直し、教科書のページを捲《めく》る。

その時、ドアがノックされた。

「失礼しますわ」

開いたドアから現れたのは、部屋着姿の天王寺さんだった。

「天王寺さん？」

「ハーブティーを淹《い》れましたので、よろしければご一緒にと」

片手にトレイを持った天王寺さんが言う。

トレイに載《の》せられた二つのカップのうち、手前にある方を受け取った。

「ありがとうございます」

カップの表面から立つ湯気が鼻に触《ふ》れる。

落ち着く香《かお》りがした。

「本当に、熱心ですわね」

天王寺さんが、机に広げている教材を見て、呟くように言う。

「熱心というほどでは……いつもこういうスケジュールで過ごしているので、勉強していないと落ち着かないだけですよ」

「……やはり貴方には、実績が必要ですわ」

ハーブティーを一口飲んで、天王寺さんは言う。

「それだけ努力しているのに、未《いま》だに自信を持てないのは、自分自身が納得《なっとく》する成果を出せていないからでしょう。……来月の実力試験、なんとしても上位に食《く》い込んでもらいますわよ」

「が、頑張ります」

雅継さんにも実績を作るべきだと言われたばかりだ。確かに、貴《き》皇《おう》学院《がくいん》で成績上位者になれば、胸を張ってもいい実績になるだろう。

やる気が満ちると同時に、俺は天王寺さんに尊敬の念を抱いた。

きっと天王寺さんは、常日頃《つねひごろ》からそういう意識を持って行動しているのだろう。普段《ふだん》の堂々とした佇まいは、無から生まれたものではない。今までの頑張りが、日頃の態度を生み出しているのだろう。

そんな風に考えつつ、改めて天王寺さんの方を見ると……いつもとは違う印象を受けた。

「どうかしまして？」

「いえ、その……髪を下ろしている姿は、初めて見たので」

「そう言えば、そうですわね。学院で下ろすことは滅多《めった》にありませんし……今はお風呂上がりですから」

本当は風呂場に駆《か》けつけてきた時にも、髪を下ろした姿は目撃《もくげき》しているが、あの時は格好が格好なだけにすぐ目を逸らした。

改めて見てみると、髪を下ろした天王寺さんはいつもより大人っぽく感じる。気の強さが前面に出ているいつもの姿と違って、理知的な印象だ。そのギャップがどうにも魅力的《みりょくてき》で、思わず視線が釘付《くぎづ》けになる。

「はは～ん。もしかして……このわたくしに見惚れていますの？」

天王寺さんはニヤニヤと嫌《いや》な笑みを浮かべて言った。

図星を突《つ》かれて言葉に詰まる。否定したかったが、もう遅いだろう。

「……俺は天王寺さんと違って、こういう状況《じようきよう》に慣れていませんので」

視線を逸らし、負《ま》け惜《お》しみのような言葉を口にする。

「……それは、こっちも同じですわ」

天王寺さんが、小さな声で言った。

「先程は、強がってみただけです。……その、私とて、多少は動揺《どうよう》します。異性を家に泊《と》めるのは、これが初めてですし……お、お風呂での一件も、ありますので」

頬を赤く染めながら天王寺さんは言う。

日頃の堂々とした佇まいからはまるで想像できないような、乙女《おとめ》らしく恥じらうその姿に、俺は無意識にゴクリと唾《つば》を飲《の》み込んだ。

——いけない。

なんだかとても気まずい空気になってしまった。

よくわからない緊張が押《お》し寄せる。数時間前、雅継さんと一緒に食事をした時よりも落ち着かない。

頭が真っ白になったその時、俺は机の上に置いてあるハーブティーを見た。

これを飲んで落ち着こう。そう思い、カップを口元で傾け——。

「熱う——ッ!?」

慌ててハーブティーを飲もうとした結果、舌先が燃えるような痛みを訴《うった》えた。

「だ、大丈夫ですの⁉」

天王寺さんも慌てて心配する。

火傷《やけど》するほど酷《ひど》かったわけではない。舌がうまく動かないので、視線で「大丈夫です」と伝えようとしたら、天王寺さんと目が合った。

お互《たが》い、まん丸に見開かれた目を見て、思わず吹《ふ》き出す。

気まずい空気はいつの間にか霧散《むさん》していた。

「まったく……こんな気分になったのは、久しぶりですわ」

天王寺さんが微笑《びしょう》を浮かべながら言う。

「思えば、貴方は出会った当初からわたくしの心を乱してきましたわね。此花グループを知っているくせに、天王寺グループは知らなかったり……わ、わたくしの髪が、染められたものなどと妄言《もうげん》を口にしたり」

「いや、それは今でも疑問に思っているんですけど」

「おだまりなさい」

ピシャリと言われ、口を噤《つぐ》む。

雅継さんも花美さんも金髪《きんぱつ》ではなかった。一般的《いっぱんてき》な日本人の特徴《とくちょう》を考えると、やはり天王寺さんが髪を染めているのだろう。

「こんなことを言う機会は滅多にありませんので、今のうちにお伝えしておきますが……貴方には感謝しています。お茶会や勉強会など、貴方と出会ってから、わたくしの学生生活は一層充実《じゅうじつ》しました」

声音から感謝の念が伝わる。

見惚れるような笑みを浮かべながら、天王寺さんは続けた。

「それに、貴方は見かけによらず根性《こんじょう》があるようなので、一緒《いっしょ》にいるとわたくしのやる気も上がりますの。……貴方が次の実力試験で、上位一桁《ひとけた》の点数を取ることができれば、卒業後はわたくしの右腕《みぎうで》としてスカウトしてあげますわ」

「それは……流石に、望《のぞ》み薄《うす》ですね」

「今から弱気になっているようでは、確かに望み薄ですわね」

苦笑《くしょう》する俺に対し、天王寺さんは冗談交じりに告げた。

「でも、天王寺さんと一緒に仕事をするのも、楽しそうですね」

そんな風に思ったことを口にすると、天王寺さんは目を丸くした。

「そ、そうでしょうか？」

「はい。ここ最近、天王寺さんのおかげで楽しく勉強できていますので、こんな風に仕事もできればいいなと思います」

将来のことなんて何も考えていないが、天王寺さんの部下として働くなら、それなりに楽しく生きていけるだろう。バイトの経験が豊富な俺には分かる。きっと天王寺さんは、いい上司になる筈だ。

「ふ、ふふふ……っ!! そうでしょう! そうでしょう! このわたくしについて来ていただけるなら、人生の充実を保証しますわ!」

天王寺さんは思いっきり胸を張って言う。

よほど嬉《うれ》しかったのか、頬は軽く紅潮しており、目はキラキラと輝《かがや》いていた。

「ま、まあ現実問題、友成さんがわたくしのもとで働くには、天王寺グループの採用試験に合格する必要があり…………い、いえ、ですが貴皇学院の推薦《すいせん》さえ取ることができれば…………或《ある》いはいっそ、わたくしの婚約者《こんやくしゃ》になれば秘書の地位が確約されて……」

「婚約者?」

「ななな、なんでもありませんわ! すす、少し、未来を先読みしすぎただけですの!!」

狼狽《ろうばい》する天王寺さんに、俺は首を傾げた。

「……っと、長居してしまいましたわね」

天王寺さんが時計を見て呟く。

「では最後に、わたくしたちのスローガンを決めましょう！」

「スローガン、ですか？」

「ええ。古来より合戦の際は、軍団の士気を高めるための言葉――鬨《とき》がありました。『えい！えい！　おう！』や『敵は本能寺にあり！』などが有名ですわね」

「なるほど、そういうものを作るわけですね」

えい！　えい！　おう！　と言った天王寺さんはちょっと可愛《かわい》かった。

「では、わたくしの後に続いてください」

頷《うなず》くと、天王寺さんはカッと目を見開き、俺たちのスローガンを告げる。

「打倒《だとう》、此花雛子!!」

「打倒、此花――――えっ⁉」

「どうしましたの？」

「いや、その……それでいくんですか、スローガン？」

「ええ！　わたくしたちにピッタリではありませんか！」

俺がそれを口にしたら、今の仕事をクビになりそうなんですが……。

いや、仕方ない。事情を説明するわけにもいかないし、ここは合わせるしかないだろう。

「では、いきますわよ」

天王寺さんが、スッと息を吸った。

「打倒、此花雛子!!」

「だ、打倒、此花雛子!!」

ごめん、雛子。


翌朝。天王寺家で朝食を済ませた俺は、屋敷の外で黒塗《くろぬ》りの車に迎えられた。

「では、お世話になりました」

わざわざ見送りに外まで出てきてくれた雅継さんと天王寺さんに、俺は深々と頭を下げる。花美さんは仕事があるそうで見送りには来ていないが、屋敷を出る前に軽く挨拶《あいさつ》を交《か》わしていた。

「またいつでもいらしてくださいまし」

「うむ！　待っておるぞ！」

二人の見送りを受けながら、車に乗る。

勿論、この車は此花家が用意してくれたものだ。天王寺さんたちは、俺がこれから自分の家に帰ると思っている筈だが、実際は雛子や静音さんがいる此花家の別邸《べってい》に向かう。

運転手が「出します」と一言告げて、車が走った。

静音さんは、天王寺さんに此花家のメイドとして顔を覚えられている可能性があるため、今回は同行していない。

それにしても……有意義な一日だった。

天王寺さんにはまた後日お礼をしよう。窓の景色を眺《なが》めながら、そう思った。

客人が車に乗って屋敷から出ていくのを見届けてから、雅継は美麗の方を見た。

「美麗。彼《かれ》とは仲がいいのかね？」

「ええ。クラスこそ違いますが、交流は深いですわ」

父の問いに、美麗は肯定《こうてい》する。

「それに……友成さんには、お世話になったこともありますから」

美麗は先月のことを思い出す。

天王寺家の威光《いこう》は強い。それ故《ゆえ》に学院でも、尊敬されることは多いが、同じ立場として肩《かた》を並べて談笑《だんしょう》するといった機会にはあまり恵《めぐ》まれていなかった。

そんな状況を変えてくれたのが伊月だ。伊月は美麗をお茶会や勉強会に誘《さそ》ってくれた。

更に、ライバル視する一方で、できれば交流を持ちたいと思っていた此花雛子との接点も与えてくれた。

ここ最近の勉強会も、発端《ほったん》は伊月である。

勉強会を経て、美麗の成績は向上したし、仲が良い友人を作ることもできた。今でこそ、伊月は美麗に頭が上がらない様子を見せているが、美麗も内心では伊月に大きな感謝の念を抱いている。

それに――。

『天王寺さんと一緒に仕事をするのも、楽しそうですね』

まさか、あんな嬉しいことを言ってくれるとは思わなかった。

常に自信満々に見える美麗も、将来に一切《いっさい》不安がないわけではない。雛子に対抗《たいこう》意識を燃やしているのも、学院で彼女《かのじょ》に負ければ、将来も負け続けるかもしれないという不安の表れである。

だから、昨夜の伊月の言葉は嬉しかった。

毅然《きぜん》とした態度を保つ一方で、心の奥底《おくそこ》に隠し持っていた不安を、伊月は見つけ出して拭《ぬぐ》ってくれたのだ。

（わたくしも……友成さんが一緒なら、どんな仕事でも乗り越《こ》えられる気がしますわね）

そんな風に、美麗が物思いに耽《ふけ》っていると。

雅継は「ふむ」と小さな声を漏《も》らしながら、顎鬚《あごひげ》を指で撫《な》でた。

「それは、男女の関係かね？」

「へぁっ⁉　だ、だから、そういう不純な関係ではありませんわ‼」

美麗は顔を真っ赤にして否定する。

唐突《とうとつ》に冗談《じょうだん》を告げられたと思い、美麗は「まったく」と唇《くちびる》を尖《とが》らせたが――。

「ふむ。……ならよかった」

雅継は、真面目な顔で頷いた。

「実は美麗に相談したいことがあってな。……そろそろ、お前にも婚約者を用意するべきかもしれない」

唐突な提案だった。

美麗は目を丸くして訊《き》き返す。

「婚、約者……ですか？」

「うむ。以前から検討はしていたんだが、美麗にはまだ早いと思ってあまり伝えていなかった。しかし先日、社交界で此花家の代表と話す機会があってな。その際、娘《むすめ》の婚約について話題になったのだが、あちらは積極的に考えているらしい。娘に悪い虫を寄せ付けないための措置だそうだ」

真剣《しんけん》な表情で、雅継は続けた。

「この先、天王寺家の威光を求めて、多くの者が美麗に近づこうとするだろう。中には勿論、悪意を持って近づく者も現れる筈《はず》だ。そういう未来のことを考えると、此花家の言い分にも一理あるように思えてな。私としては、やはりまだ時期尚早《じきしょうそう》な気もするが……美麗が乗り気なら構わないだろうと判断した」

どうやら婚約者が決定したという報《しら》せではないらしい。

天王寺グループの令嬢《れいじょう》として育てられている以上、いつかは誰《だれ》かと婚約を結ぶのだろうと考えていた。しかしそれは、もう少し後の予定だったと美麗は記憶《きおく》している。

もっとも、美麗にとって大切なのはタイミングではない。

大切なのは——。

「天王寺家の……ために、なりますか？」

何故《なぜ》か、声が震《ふる》えてしまう。

先程《さきほど》の弱々しい声音をかき消すかのように、美麗は改めて父に訊いた。

「わたくしが婚約することで、天王寺家に貢献《こうけん》することはできるでしょうか」

「……うむ。まあ、プランは立てやすくなるだろうな」

上流階級にとっての婚約は、既存《きそん》のコネクションの強化に使える。懇意《こんい》にしている企業《きぎょう》の子息と婚約すれば、今後の取引は今まで以上に円滑《えんかつ》に進むだろう。相手が将来の身内ともなれば、企業間の不和というリスクも比較的《ひかくてき》避《さ》けやすいため、買収や合併《がっぺい》など大規模な話にも発展しやすい。

「でしたら、勿論――」

美麗はいつも通り。

曇《くも》りのない、堂々とした笑みを浮かべて答えた。

「――お受けいたしますわ」

「お戻りになられましたか」

此花家の屋敷に着くと、静音さんに出迎《でむか》えられた。

「ただ今戻りました。……すみません、昨日は急に外泊《がいはく》してしまって」

「それはもう構いません。過去の問題よりも、今の問題です」

今の問題？

まるで現在、何かの問題に直面しているかのような言い方だが……。

「すぐにお嬢様《じょうさま》の機嫌《きげん》を直してください。お嬢様が、キレてらっしゃいます」

「……え？　キレて？」

非常に困った様子で告げる静音さんに、俺は首を傾げた。

機嫌を悪くしているかもしれないとは思ったが、まさかキレるほどだったとは。しかしキレた雛子というのも、いまいちイメージしにくい。雛子のことだから、癇癪《かんしゃく》を起こすような真似《まね》はしないと思うが……。

雛子の部屋に向かい、扉の前で深呼吸する。

そしてドアをノックした。

「雛子、入っていいか？」

「……ん」

ドアの向こうから、不機嫌《ふきげん》そうな声が聞こえた。

確かに機嫌は悪いようだ。恐る恐る、ドアを開ける。

雛子はベッドの上で、寝転《ねころ》びながら毛布にくるまっていた。

俺が部屋に入ると、もそりとその身体が動く。

「……おかえり、伊月」

「あ、ああ。ただい――」

「嘘《うそ》つきの伊月」

こちらの言葉を遮《さえぎ》るように、雛子は言った。

初めて見る雛子の怒《おこ》った姿に、俺は口を開けたまま硬直した。

「日帰りって、言ったのに……」

「いや、それはその……緊急《きんきゅう》事態だったというか……」

「……朝帰り」

雛子がこちらを睨《にら》む。

「……朝帰り」

「まあ、その、朝帰りと言われたら朝帰りだけど……」

その言い方は変な誤解をされそうなので、できればやめてほしい。

誠意を見せるためにも、今一度、事情を説明した方がいいだろうか。

「ええっと、だな。最初は本当に日帰りのつもりだったんだ。ただ昨日の夜、急に天気が崩《くず》れて……雷《かみなり》が鳴っていたのは雛子も知っているだろ？　だから天王寺さんの家に泊まったのは、やむを得なかったというか……」

冷《ひ》や汗《あせ》を垂らしながら説明すると、雛子は無言でこちらを睨み続けていた。

いつにも増して表情が読み取りにくい。

「わ、分かってくれたか……？」

「……ん」

雛子は小さく首を縦に振る。

「長々と、言い訳して……ご苦労さま」

駄目《だめ》だ。

これは確かに、キレていらっしゃる。

「……来て」

「え？」

「……こっち、来て」

不機嫌そうな顔で、雛子はベッドをぺしぺしと叩《たた》いた。隣《となり》に座《すわ》れということらしい。

ベッドの傍《そば》まで近づくと、雛子は突然《とつぜん》、俺の胸元《むなもと》に顔を埋《うず》める。

「お、おい？　雛子？」

「……匂《にお》い」

ポツリと、雛子が呟く。

「伊月の匂いじゃない。……落ち着かない」

俺の匂いってなんだ……。

そう言えば雛子と初めて会った時も、「いい匂いがする」と言われたような気がする。

もしかして雛子は嗅覚《きゅうかく》が鋭《するど》いのだろうか。

「天王寺さんと一緒に、食事したんだ……？」

「……まあ、したけど」

「天王寺さんの家で、お風呂《ふろ》に入ったんだ……？」

「……まあ、入ったけど」

食事も風呂も、泊まったのだから当然そうなる。

「天王寺さんと一緒に、お風呂に入ったんだ……？」

「いや、流石《さすが》に一緒には――」

即座《そくざ》に否定しようと思った次の瞬間《しゅんかん》。

脳裏《のうり》に、バスタオル一枚の天王寺さんの姿が過った。

「――ぁ」

思わず、声を漏らす。

「………………あ？」

「いや、その……」

「今のあって、何……？」

駄目だ、もう言い逃《のが》れはできそうにない。

俺は正直に風呂場での一問着《ひともんちゃく》について白状した。

「むぅ……！　むぅぅ……!!」

案の定、雛子は顔を真っ赤にして怒った。

「しないって、言ったのに……！」

「事故！　事故だって！　一緒に入ったというか、偶々《たまたま》同じ場所にいたようなものだ！」

ちゃんと説明したつもりだが、雛子はまだ納得していなかった。

「天王寺さんと一緒にご飯を食べて、天王寺さんと一緒にお風呂に入って…………私と、同じことをしてる……！　伊月は……天王寺さんの、お世話係なの……っ⁉」

「違《ちが》う、そんなことはない！　俺《おれ》は雛子のお世話係だ！」

大体、雛子と同じことを天王寺さんにしているわけがない。

一緒に食事こそしたが、雛子のように直接食べさせたわけではない。一緒に風呂に入ってしまったが、雛子のように髪《かみ》を洗ったわけではない。

「だったら……！」

雛子が俺の袖《そで》を掴《つか》み、引き寄せる。

「だったら……伊月は、誰よりも私の傍にいるべき……」

途端《とたん》にしおらしい態度を取る雛子に、俺は少しだけ動揺した。

不安にさせてしまったのかもしれない。俺が雛子のもとを離《はな》れて、天王寺さんのもとで働くとでも考えたのだろうか。――そんなこと、ある筈がないのに。

「大丈夫《だいじょうぶ》だ。そのくらい、分かってる」

「む…………分かってないから、言ってる」

「いや、分かってる」

はっきりと伝えた直後、部屋のドアが開いた。

「失礼します。お嬢様、昼食のご用意ができました」

「……ん」

静音さんが一礼して告げた。

機嫌が悪い雛子も空腹には勝てないのか、のそのそとした動きでベッドから下り、食堂へ向かう。

雛子が食堂に着くと、すぐに使用人が椅子《いす》を引いた。雛子は慣れた様子でその椅子に座り、ナプキンを膝《ひざ》の上に置く。

そんな光景を眺めながら――俺は、雛子の正面の席を引いた。

「前、座ってもいいか？」

「……伊月？」

食堂まで付いてきた俺を見て、雛子が目を丸くした。

今まで雛子は一人で食事をとっていた。だから、昼食の時間にも拘《かかわ》らず、俺が傍にいることに驚愕《きょうがく》しているのだろう。

「本日は、伊月さんもご一緒に食事をとります」

静音さんの言葉に、雛子は更《さら》に目を見開いた。

静音さんが俺の方を見る。ここから先は俺が説明した方がいいらしい。

「テーブルマナーを習得するまでは、雛子と一緒に食事をしてはいけない。そういう約束だったからな。……だからまずは天王寺さんにテーブルマナーを教わったんだ。それでなんとか成果を出すことができたから、今日は一緒に食事ができるようになった」

事情を説明すると、静音さんが頷いて補足する。

「一応、最後に私の目で伊月さんのマナーを確認《かくにん》させていただきます。……本日の昼食はディナー寄りのメニューです。これで問題なければ、今後は昼食も夕食も、お嬢様とご一緒に食事していただいて問題ありません」

つまり、これは最終試験である。

見たところ本日の昼食はイタリアンらしい。複数の品があるのは如何《いか》にも夕食寄りのメニューだ。とはいえコース料理ほど複雑ではない。

いくら雛子が此花グループの令嬢とはいえ、流石に毎日コース料理を食べるわけではない。それでも最低限、守るべきマナーは存在する。

静音さんが無言で俺を見つめた。

分かっている。――気は抜かない。

左側から椅子に座る。テーブルの上にはナプキンが置いてあった。

ナプキンを二つ折りにして、次に折り目がある方を手前にして膝に敷《し》く。口元を拭う際は内側を使うのがマナーだ。注意しなくてはならないのは、ハンカチやティッシュを使うとマナー違反《いはん》になってしまうことだろう。ナプキンが用意されているのに私物のハンカチを利用すれば「このナプキンは使いたくない」という意思表示になってしまう。

カトラリーは外側から使用する。右にナイフとスプーンが二つずつ、左にフォークが三つあった。前菜、スープ、魚、肉の順番である。右にフォークがないことから、今日のメニューにパスタは含《ふく》まれていないことが分かった。

ナイフとフォークは柔《やわ》らかく握《にぎ》り、音を立てないように気をつけて使う。

前菜のカルパッチョを食べた後、静かにスープを飲んだ。スープはスプーンですくって飲むのが基本だ。カップに口をつけてはならないが、量が少なくなってきた時に、カップを軽く傾《かたむ》けてスプーンですくうのは問題ない。

今が旬《しゅん》である真鯛《まだい》のグリルを一口食べたところで、静音さんは小さく頷き、俺から目を逸《そ》らした。

合格……ということだろうか。

小さく吐息《といき》を零《こぼ》して安堵すると、正面に座る雛子が目を丸くしていた。

「伊月……凄《すご》く、成長してる……」

「まあ、頑張ったからな」

思えば、俺に足りなかったのは自信かもしれない。

雅継さんは、俺と食事をして不快感を覚えなかったと言っていた。

つまりあの時点で俺は必要最低限の知識を身に付けていたのだ。

それでも不安を感じ、終始ビクビクとしていたのは、俺に自信がなかったからだ。

マナーを身に付けるための、最後の一手は——自信だった。

「雛子さえよければ、今後はなるべく一緒に食事をしたいと思ってるんだが、いいか？」

今更《いまさら》、少し恥ずかしいことを言っているような気がして、妙《みょう》な気分になる。

これで拒絶《きょぜつ》されたら、人生最大の黒歴史になること間違《まちが》いなしだが……その心配は杞憂《きゆう》だったらしい。

「……ん！」

満面の笑《え》みを、雛子は浮《う》かべる。

無事に機嫌は直ったようだ。

「じゃあ……ここからは伊月も、ぶれいこー、ということで……」

「ん？」

その言葉に首を傾《かし》げると、雛子は途端に姿勢を崩した。

「ふぃー……」

テーブルに顎《あご》を置き、雛子はだらしなく吐息を零した。

「ええと、静音さん。食事は、マナーを守らないといけないんじゃ……？」

「別にそういうルールはありません。ただ、この食堂には華厳様が顔を出すこともありますから、その時に伊月さんのマナーが不十分だと悪い印象を抱かれるでしょう」

そういう理由だったのか……。

どうやら、静音さんが俺にテーブルマナーを習得させようとしたのは、俺が華厳さんから悪い印象を抱かれないためだったらしい。

静音さんは、俺の立場が悪くならないよう配慮《はいりょ》してくれていたのだ。

「伊月……こっち」

雛子が隣の椅子をぽんぽんと叩き、そちらに座るよう催促《さいそく》する。

言われた通り、隣の席に腰《こし》を下ろすと、雛子はふにゃりと柔らかい笑みを浮かべた。

「一緒に、食べよ……？」

いつもより幼く見える、力の抜けた表情。それは雛子が自然体でいる証拠《しょうこ》だった。
俺は「ああ」と短く返事をして、それから改めて雛子と昼食をとる。
この笑顔《えがお》を見ることができたのも、天王寺さんのおかげだ。
月曜日になったら必ず礼をしよう。

三章　◆　お嬢様の悩み

　翌朝。いつも通りの時間に目を覚ました俺は、すぐに学院の制服に着替《きが》えた。

　使用人としての仕事を軽くこなした後、自室へ学院用の鞄《かばん》を取りに行こうとしたら、廊《ろう》下《か》の向こうから雛子《ひなこ》が歩いてくるのが見えた。

　食堂へ一本道で繋《つな》がる廊下だ。途中《とちゅう》まで静音《しずね》さんに案内されてきたのだろう。

「ふわぁ……伊月《いつき》、おはよ……」

「ああ、おはよう。これから朝食か？」

「ん……」

　雛子は眠《ねむ》たそうに頷く。

「朝ご飯も、一緒に食べられたらいいのに……」

「朝は使用人の仕事があるからな。こればっかりは仕方ない」

「……私を、起こさなくてもよくなったのに……？」

「他にも色々あるんだよ。掃除《そうじ》とか、洗濯《せんたく》とか。静音さんも忙《いそが》しそうだろ？」

雛子は「んむぅ」と納得したのかしていないのか、よく分からない相槌《あいづち》を打つ。

そんな雛子に、俺はふと疑問を告げた。

「そう言えば、ずっと気になってたんだが……なんで急に、俺が朝起こすのは駄目になったんだ？」

「えぅっ」

雛子が奇妙《きみょう》な声を零した。

まるで、痛いところを突かれたとでも言わんばかりの表情を浮かべている。

「そ、それは……」

「他にも、前はよくおんぶとか抱っことか言ってきたけど、最近言わなくなったし……」

正直、最初は凹《へこ》んだ。何か俺に問題があるのではないかと考えた。

しかし、雛子はその後も俺のことを信頼《しんらい》してくれている様子だった。だからこそ気になる。ここ最近の雛子は何が原因で変化したのだろうか。

「そ、そういうのは、もう……卒業しようと、思って……」

「卒業って、何か理由でもあるのか？」

「ある、けど……私も、よく分からないというか……」

悩ましげな声を発した雛子は、やがてゆっくり告げる。

「…………伊月が、して欲《ほ》しいなら……する」

その返答は予想していなかった。

どうなのだろうか……正直に言うと悪い気はしなかった。しかしやはり、本来なら安易にするべきことではないだろう。過度なスキンシップは色んな意味で危険だ。

「して欲しいってわけじゃないけど……このまま雛子が手の掛《か》からない人間になると、お世話係がいる意味もなくなりそうだなと思って」

「――っ!?」

まあ実際のところ、雛子は未《いま》だに屋敷《やしき》の中でさえ迷うし、隙《すき》あらば寝《ね》ようとするし、お世話係の仕事はまだまだ沢山《たくさん》あるのだが……そんなふうに思いつつ苦笑して言うと、雛子は突然、悲劇を目《ま》の当たりにしたかのような青褪《あおざ》めた顔をした。

雛子は眉間《みけん》に皺《しわ》を寄せ、もにょもにょと唇を動かす。

やがて雛子は、何かを決意したような表情を浮かべ、

「………………抱っこ」

「え？」

「抱っこ…………っ！」

久しぶりに要求されたが、以前と違って有無《うむ》を言わせない口調だった。

雛子の変化に戸惑《とまど》いながらも、雛子を両手で抱《かか》えようとする。肌《はだ》が触《ふ》れ合う距離《きょり》まで近づくと、雛子は身体を横に向けて俺の首に手を回してきた。

どうやらお姫様抱《ひめさまだ》っこをご所望《しょもう》らしい。流石にそれは少し恥《は》ずかしいんだが……久々に抱っこを要求されて、少し嬉しく感じる自分もいた。

雛子をゆっくりと抱える。

胸元に見える雛子の顔は、真っ赤に染まっていた。

「……その、大丈夫か？」

「大丈夫、だから……このまま、食堂まで連れていって……」

真っ赤に染まった顔を見られたくないのか、雛子は俺の胸元に顔を埋めた。

しかし、それでも真っ赤な耳は隠《かく》せていなかった。

「私は……これからも、伊月にお世話して欲しいから……」

きゅっ、と俺の襟元《えりもと》を握りながら、雛子が言う。

そんな雛子に、俺はつい口元が緩《ゆる》んでしまった。

「俺も、雛子のお世話係を辞《や》めるつもりはない」

「……ん」

雛子はしおらしく返事をした。

やはり以前とは様子が違う。しかし、嫌《きら》われているわけではない。

なんだか、まるで俺のことを異性として意識し始めているかのような──。

「……いや、まさかな」

雛子にも聞こえないくらい、小さな声で呟《つぶや》いた。

雛子は俺のことを、信頼の置ける家族のように慕《した》ってくれているだけだ。

そう思い、自分を納得《なっとく》させて……俺は雛子を食堂まで送り届けた。


月曜日の放課後。

食堂の隣にあるカフェで、いつも通り勉強していると、天王寺《てんのうじ》さんのペンが止まっていることに気づいた。

「天王寺さん？」

「え？　……あ、ああ、すみません。少し考え事をしていましたわ」

天王寺さんにしては珍《めずら》しい、気の抜《ぬ》けた様子だ。

今に限った話ではない。先程から天王寺さんは、どうも意識が他のことに向いているような気がした。

「どうかしたんですか？　今日は少し、調子が悪そうですが」

「……いえ、お気になさらず。体調に問題はありませんわ」

そう言って天王寺さんは、俺が記入した解答用紙を赤ペンで採点する。

「小テストの採点が終わりましたわ。点数は98点……応用問題に気合が入った分、基礎的《きそてき》な問題の見直しが甘《あま》かったようですわね」

数学の小テストを採点し終えた天王寺さんは、すぐに俺のミスを解説した。

天王寺さんの解説を、俺は黙々《もくもく》とノートに取る。

「次はテーブルマナーの実践《じっせん》練習ですわね。……その前に一度、休憩《きゅうけい》としましょう。わたくしはお手洗いに行ってきますわ」

天王寺さんが立ち上がり、校舎の方へ向かう。

その後ろ姿を見届けた俺は、改めて首を傾げた。

「……やっぱり、天王寺さんにしては元気がないな」

本人は何もないと言っていたが、それはきっと嘘だろう。

顔色は特に悪くないし、歩いている姿に不自然な点もなかった。だから体調に問題はないかもしれないが、何かに悩んでいるのは間違いない。

しかし、本人が秘密にしたがっていることを、わざわざ詮索《せんさく》するのも失礼な気がする。優《やさ》しさの押《お》し売りにならない程度に、力になりたいところだが……。

そんなことを考えていると、見知った人物が目の前を横切った。

結《ゆ》った黒髪《くろかみ》を太腿《ふともも》の辺りまで伸《の》ばしたその女子生徒に、俺は声を掛ける。

「成香《なりか》？」

「む？　……伊月！　伊月ではないか！」

こちらの存在に気づいた成香は、目を輝《かがや》かせながら近づいてきた。

軽く呼びかけるだけで、こうも嬉《うれ》しそうにしてくれるとは……まるで人懐《ひとなつ》っこい犬のようだ。成香の背中にぶんぶんと揺《ゆ》れる尻尾《しっぽ》を幻視《げんし》する。

「呼んだか、伊月！」

「いや、呼んだというより、声を掛けただけなんだが……こんな時間まで学院に残って何をしてるんだ？」

「なに、大したことではない。うちで開発した製品を学院で使用できないか、打診《だしん》していたのだ。我《わ》が家《や》はスポーツ用品を作っているからな。学院はお得意様だ」

成香の実家である都島《みやこじま》家は、スポーツ用品メーカーを営んでいる。

恐《おそ》らく体育の授業で使用する道具の売り込《こ》みをしていたのだろう。

「……そんなことをしていたんだな」

「まあ、これでも都島家の娘だからな。褒《ほ》めてくれてもいいぞ」

「凄い凄い」

「……ちょっと投げやりではないか？」

そうは言いつつも成香は嬉しそうにしている。

「ところで伊月こそ、何をしているんだ？」

「天王寺さんと勉強会をしてるんだ。実力試験の対策と、あとはマナーの実践練習だな」

「む、そうだったのか。中間試験が終わった後も勉強を続けるとは、伊月も天王寺さんも真面目《まじめ》だな」

「まあな。……と言っても、俺と成香はそんなに成績が変わらないだろ」

「……確かに、私も勉強した方がいいかもしれない」

本当のところを言うと、成香の成績は俺より下である。

体育と歴史は満点に近いが、それ以外の科目は赤点こそ回避《かいひ》していたが、平均以下だった筈だ。

話の接《つ》ぎ穂《ほ》を失ったところで、お互《たが》い沈黙《ちんもく》する。

成香は何故かソワソワとしていた。もしかするとまだ用事が残っているのかもしれない。

「呼び止めて悪かったな。それじゃあ、また」

「ちょ、ちょっと待て！　今のは私も勉強会に誘ってくれる流れじゃないのか⁉」

「いや……だって、何も言わないし」

「察してくれると思ったんだ！」

成香が叫《さけ》ぶ。

そんなこと言われても……。

「そ、それともなんだ……やっぱり私は、誘いにくい相手なのか……？」

「別に、そういうわけじゃないが……」

「いいんだ、気を遣《つか》わなくても。……この前、クラスメイトたちがそんな噂《うわさ》をしているのを、聞いてしまったからな」

「……それは、辛《つら》かったな」

「ああ。………………とても、辛かった」

成香は泣きそうな顔をした。

神様。もう少しだけ成香に、優しい人生を歩ませてもいいんじゃないでしょうか……？

「その、今日の勉強はもう終わったが、これから天王寺さんにマナーを見てもらう予定なんだ。よければ成香も一緒《いっしょ》にどうだ？」

「い、いいのか？　こんな、誘いにくい人間が参加しても……？」

「少なくとも俺は誘いにくいなんて思ってないし、天王寺さんも成香ならいいと思うぞ」

「い、伊月ぃ……！　やはり、私の味方は伊月だけだぁ……!!」

できれば俺以外の味方も積極的に作って欲しいが……儚《はかな》い希望だろうか。

とは言え今日に限っては、成香が勉強会に参加してくれてありがたいと思う。

やはり、天王寺さんの様子が気になった。もし天王寺さんが、俺には解決できない問題を抱えて苦しんでいるのであれば、成香を仲間に入れることで事情を打ち明けてくれるかもしれない。

「あら、都島さん？」

トイレから帰ってきた天王寺さんが、成香の存在に気づく。

「天王寺さん。これから行うマナーの練習に、成香も参加させていいでしょうか？」

「それは構いませんが……」

天王寺さんが、成香の方を見る。

成香は慌《あわ》てた様子で口を開いた。

「きょ、今日だけでいいんだ！　私もここ最近は、家の仕事で忙しいし……た、ただ、その、偶《たま》には私も、学生らしい一時を過ごしたいというか……」

要するに、寂《さび》しいので仲良くして欲しいということである。

天王寺さんも、前回の勉強会やお茶会を経て、なんとなく成香の性格を把握《はあく》しているのか、優しい笑みを浮かべて頷《うなず》いた。

「構いませんわよ。それでは今日は軽めのディナーとしておきましょうか」

成香の表情がパァっと明るくなる。

俺と再会するまで、成香はどういう生活をしていたんだろうか……。気になったが、訊くのも怖《こわ》いので、その疑問は心の奥底《おくそこ》に封印《ふういん》した。

「えっ⁉　い、伊月……天王寺さんの家に泊《と》まったのか⁉」

カフェで軽食を楽しみながら、これまでの経緯《けいい》を成香に説明すると、成香は目を見開いて驚《おどろ》いた。

「まあ、成り行きでな」

「な、成り行きで片付けられる相手ではないぞ……！　ま、前から思っていたが、此花《このはな》さんといい、天王寺さんといい、何をしたらそんな大物ばかりと仲良くなれるんだ……！」

都島家の娘である成香も、その大物に含まれている筈だが、本人はそれでも雛子と天王寺さんを別格のように感じているらしい。

「友成《ともなり》さんがわたくしの家に泊まった際、父が友成さんのマナーを確認しましたが、及第《きゅうだい》点《てん》は取れているとのことでした。なので、テーブルマナーの練習は本日で一旦《いったん》終了《しゅうりょう》とさせていただきますわ」

「分かりましたわ」

天王寺さんのプランに、俺は賛同する。

今日の実践練習は最終確認のようなものだ。ここで粗相《そそう》をすればまたマナーの勉強をし直す羽目になるのだろうが……天王寺家で雅継《まさつぐ》さんとの会食を経験したからか、多少の緊《きん》張《ちょう》なら撥《は》ね除《の》けられる度胸がついたような気がする。

「しかし……」

食事をしながら、俺は成香の方を見た。

天王寺さんほどではないが、成香も食事の所作が丁寧《ていねい》だ。ナイフとフォークを軽《かろ》やかに使いこなし、スープを飲む際も余計な音を全く立てない。

「成香、お前……ちゃんとマナーができているんだな」

「お、お前！　馬鹿《ばか》にしているのか！　さっきも言ったが、私はこれでも都島家の娘《むすめ》なんだぞ！」

成香は顔を真っ赤に染めて怒った。

「ぷっ」

その時、天王寺さんが笑みを零す。

「失礼しました。……お二人が、あんまりにも楽しそうでしたので」

天王寺さんが目尻《めじり》の涙《なみだ》を指で拭《ぬぐ》う。

多分、訊《き》くなら今しかない。――そう思い、俺は天王寺さんを見つめて質問した。

「あの、天王寺さん。今日は何かあったんですか？　……天王寺さんには色々と恩がありますし、俺でよければいくらでも相談に乗りますよ」

そう訊くと、天王寺さんは明らかに表情を暗くした。

だが、やがて意を決したように、視線を落としながら口を開く。

「実は、縁談《えんだん》の話が来ておりますの」

ポツリと告げられたその一言に、俺と成香は目を見合わせる。

俺は平凡《へいぼん》な庶民《しょみん》として育ってきたため、その手の話には疎《うと》い。しかし雛子の――此花家の事情を通して、多少は理解しているつもりだ。

縁談は必ずしも悪いものではない。

しかし、天王寺さんの表情が優《すぐ》れていないことから察すると……。

「天王寺さんは、その縁談に乗り気じゃないということでしょうか……？」

「いえ、そういうわけではありませんわ」

予想に反して、天王寺さんは否定した。

「わたくしは天王寺家の娘ですから、縁談については幼い頃《ころ》から覚悟《かくご》していましたわ。ただ、少し急なものでしたので、驚いているといいますか……実感がなくて、戸惑っている状態ですわ」

天王寺さんにしては本当に珍しく、困惑《こんわく》している様子だった。

「まあ……私たちにとっては、宿命と言っても過言ではない悩みだな」

成香が複雑な表情で言う。

「成香も、縁談の話がきたことはあるのか？」

「いや、私はまだない。いずれくるとは聞いているが…………んあッ!?　ま、待て!!　誤解はしないでくれ!!　私はどちらかというと、恋愛結婚《れんあいけっこん》がしたいというか……と、とにかく、私は縁談を受けないからな!!」

「お、おう……」

急に俺のことを睨みながら熱弁する成香に、戸惑いながら相槌を打った。

「それに私の場合、親もあまり縁談には乗り気でなくてな。一度、そういう話題になったこともあるが、父も母も『お前にはまだ早い』の一言で終わらせてしまった」

「それは……成香のことをよく見ているご両親だな」

「どういう意味だ!?」

心外な！　とでも言わんばかりの成香から、俺は目を逸らした。

成香のお見合いを想像してみる。……一言も声を交《か》わさず、ずっと地蔵のように硬直《こうちょく》しているイメージしか湧《わ》かない。

「友成さんは……わたくしの縁談について、どう思いますか？」

天王寺さんが、こちらを見つめながら訊いた。

少し考えてから答える。

「俺の家では、縁談の話なんてしたことがありませんので……正直に言えば、よく分かりません。ただ、天王寺さんにとっていい話なら、その時は応援《おうえん》します」

本心からの言葉だった。

天王寺さんには恩がある。だからできるだけ彼女《かのじょ》の力になりたい。

「お二人とも、ありがとうございます。……おかげさまで少し吹《ふ》っ切れましたわ」

天王寺さんが視線を上げて言う。

「冷静に考えたら、縁談を受けたところで今までの人間関係が一変するわけではありませんし……わたくしは、必要以上に身構えていたのかもしれませんわね」

元気を取り戻《もど》した天王寺さんの言葉に、俺は首を縦に振《ふ》った。

「俺も、こうして天王寺さんと一緒に過ごすのは楽しいので、仮に縁談が決まったとしても、この関係は続いて欲しいと思います」

「わ、私もだ！」

成香も同意する。

その後、元の調子に戻った天王寺さんと食事を終えて、俺たちは解散した。


伊月たちと別れた美麗《みれい》は、学院の前に停《と》められている天王寺家の車に乗った。

「お疲《つか》れ様《さま》です、美麗お嬢様《じょうさま》」

「ええ」

使用人が後部座席のドアを開き、美麗は車に乗る。

走り出した車の中で、美麗は移りゆく景色を眺《なが》めながら、先程《さきほど》の会話を思い出していた。

（まったく……鈍《にぶ》い方ですわね）

誰《だれ》にも気づかれることなく、小さな溜息《ためいき》を零す。

（縁談が成立したら、もう今みたいに、放課後を一緒に過ごすことはできませんわ……）

婚約者《こんやくしゃ》ができれば、婚約者以外の男性と必要以上に会うことは躊躇《ためら》われる。

学院の行事ならともかく、プライベートで同じ時を過ごす機会は必然と減るだろう。少なくともここ最近のように、毎日顔を合わせることはできない。

（しかし……友成さんも、思ったより淡白《たんぱく》といいますか……もう少し、何か言ってくださってもいいのに……）

当人にとって良い話であるなら応援する。そんな伊月の言葉は、誠実でもあるが……どこか他人行儀《ぎょうぎ》にも聞こえた。

（先日は、あんなことを言ってくれたくせに……）

一緒に働けたら楽しいかもしれないと、伊月は言ってくれた。

それは——学院を卒業した後も、自分と一緒にいたいという意味ではないのか？

そこまで考えて、美麗はふと、胸中の違和感《いわかん》に気づく。

「……変、ですわね」

自分は、天王寺家のために生きると決めたのに。

それこそが、自分にとって最大の幸福であると思っていたのに。

（何でしょうか、この気持ちは……？）

不思議だ。

この縁談の末に、自分の幸せがあるとは全く思えなかった。

放課後を天王寺さんと過ごすようになって、二週間が経過した。

この勉強会は次の実力試験まで行う予定なので、丁度、今日が折り返し地点となる。

「本日から、ダンスのレッスンも始めますわ！」

実力試験まで残り二週間を切ったその日。

俺と天王寺さんは、体育館で向かい合っていた。

「すみません。わざわざ体育館まで借りていただいて」

「お安いご用ですわ」

学院指定の運動着を身に着けた天王寺さんに、俺は礼を伝える。

テーブルマナーの練習を一通り終えたので、今日からは社交ダンスの練習が始まった。

一応、静音さんから簡単な手ほどきは受けているが、こちらはテーブルマナーと比べても圧倒的《あっとうてき》に知識・経験が足りない。正直、自信のない分野だ。

「では、まずはスローワルツから始めましょうか」

そう言って天王寺さんが、体育館の隅《すみ》に置いたスピーカーから音を鳴らす。

ワルツの曲が流れた。

「ほら、何を突《つ》っ立っていますの。早くわたくしの傍《そば》へ来てください」

「は、はい」

社交ダンスは男女が向かい合い、密着して行うものだ。

今更ながら、それを意識してしまって身体の動きがぎこちなくなってしまう。

「もっと近くですわ」

「も、もっと、ですか……？」

既《すで》に天王寺さんとの距離は50センチにも満たないが、更に半歩近づく。すると天王寺さんも半歩近づいていた。身体が密着し、柔らかい感触《かんしょく》と、甘い香《かお》りを感じる。

「左手で、わたくしの右手を取ってください。その後、半身ほど身体をずらして……」

必死に煩悩《ぼんのう》を抑《おさ》えながら、天王寺さんの指示に従って体勢を整えた。

右手を天王寺さんの肩甲骨《けんこうこつ》に添《そ》えると、天王寺さんが左手を俺の二《に》の腕《うで》に添える。

「これがホールドと呼ばれる基本的な姿勢です。……では、この姿勢を維持《いじ》しながら、ゆっくりと踊《おど》りますわよ」

「え、でも俺、まだ踊り方がよく分からないんですが……」

「習うより慣れよという言葉もありますわ。わたくしが足を引きますから、友成さんは慎《しん》重《ちょう》について来てください」

天王寺さんが右足を素早《すばや》く引いた。

その動きに釣《つ》られるように、左足で踏《ふ》み込む。似たような応酬《おうしゅう》を繰《く》り返しながら、ゆっくり、体育館を反時計回りに動いた。

「ここで右回りに半回転。……いいですわね、そのままもう一度、半回転して……」

身体の密着を解かないように意識すると、いつの間にか天王寺さんの動きに引き寄せられるように踊っている自分がいる。

体育館に流れる曲のループが終わったところで、一度、踊りを止めた。

「どうです？　案外、踊れるものでしょう？」

「そうですね。……なんとなく、全体の流れが分かったような気がします」

「わたくしがリードしているとは言え、友成さんも適応が早いですわね。……運動神経がいいのでしょうか」

確かに俺《おれ》は本来なら、マナーや勉強よりも身体を動かす方が得意だ。

スポーツに苦手意識はないし、社交ダンスは向いている分野なのかもしれない。

「ではもう一度、ホールドから始めますわよ」

先程と同じように、天王寺さんのリードに従って踊る。

社交ダンスは本来なら男性がリードするものだ。天王寺さんは踊りづらい筈《はず》だが、そんな感情を一切《いっさい》表情に出すことなく、ひたすら俺の身体を引っ張り続けた。

「……思ったより、体力を使いますね」

一時間ほど踊り続けた後、俺は運動着の襟《えり》で顎先から垂れる汗《あせ》を拭いながら言った。

「そうですわね。……まあ本来なら、適度に息抜《いきぬ》きを挟《はさ》みつつ行うものですから」

そう言って、天王寺さんも汗を拭う。

「さあ、練習を再開しますわよ。友成さん、ホールドを」

「はい」

背筋を伸ばして両手を広げると、天王寺さんが近づいてくる。

教わった内容を思い出し、ホールドの姿勢を整えようとした時——ふと、気づいてしまった。

——透《す》けてる。

風が通らない室内でずっと踊っていたせいか、天王寺さんも少なくない汗を掻《か》いていたようだ。白い運動着に、薄《うっす》らと黄色の下着が透けている。

これは……直視してはならない。

ダンスを指導してくれる天王寺さんへの敬意を払《はら》う。できる限り視線を逸らしながら、俺は構えを保った。

「ちょっと、どこを見ていますの？」

明後日の方向を見ていると、天王寺さんに指摘《してき》される。

「ちゃんとわたくしの方を見てください。ダンスは身体の動かし方だけではなく、視線や

表情も重要ですわよ？」

「いや……それは、そうかもしれませんが……」

見るに見られない事情があるのだ。しかしそれを伝えるのも難しい。

どうすれば察してくれるのか、考えていると――天王寺さんに顔を掴《つか》まれ、無理矢理《むりやり》正面に向けられた。

「ほら、こうやって、ちゃんとわたくしを見てください」

目と鼻の先に、天王寺さんの顔が広がっていた。

そのすぐ下には、汗ばんで肌に張り付いた運動着がある。

「あの……天王寺さん。非常に、言いにくいんですが……」

流石《さすが》にこのまま見続けるわけにはいかない。

そう思い、俺は覚悟を決めて白状することにした。

「その…………服が、汗で透けています…………」

「服？　…………ッ⁉」

漸《ようや》く状況《じようきよう》を理解したのか、天王寺さんは両手で胸を隠した。

「どど、何処《どこ》を見ているんですのッ⁉」

「すみません！」

そっちが見ろって言ったのに。


天王寺さんが、汗で透けた運動着から代えの運動着に着替えた後。

俺たちはダンスの練習を再開し、更《さら》に一時間近くワルツを踊り続けた。

「……中々、様になってきましたわね」

「ありがとうございます」

右回りのナチュラルターン、左回りのリバーススターンを、流れるような動作で行う。

足を開くタイミングと、足を閉じるタイミング。この二つのタイミングがパートナーと合っていないと、ダンスは簡単に破綻《はたん》してしまう。

俺が思ったよりも気楽に踊れているのは、天王寺さんが俺の動きに合わせてくれているからだ。足を開く角度が広くなってしまった時も、天王寺さんは臨機応変に対応してみせる。相当、身体が柔《やわ》らかいのだろう。嫋《たお》やかな天王寺さんの動きについていくうちに、こちらの硬《かた》さまで解《ほぐ》れていくようだった。

「本日はこの辺りで終わりにしましょう。初回の練習ということもあって、少々、張り切りすぎたみたいですわ」

「そうですね……体力がもう、ギリギリです」

互いに息を整える。

普段《ふだん》、使わない筋肉を使ったからか、こちらも大分疲労《ひろう》していた。

「と、ところで、ですね……」

荷物を纏《まと》めていると、天王寺さんが何か言いにくそうに声を掛けてくる。

「……今後、また服が透けているようなことがあれば、できるだけ早く教えてください。……その、後で気づくと恥ずかしいですわ」

もじもじと、恥ずかしそうに天王寺さんは言った。

「いや、でもそれは……なるべく、自分で気づいていただいた方が……。俺が伝えるということは、俺が見ることになるわけですし……」

「も、問題ありませんわ。友成さんは、そういう人ではないと信じていますので……」

そんな簡単に信じられても困る。

日頃《ひごろ》から雛子と接しているおかげで、多少は耐性《たいせい》ができているが、俺にだって我慢《がまん》の限界があるのだ。

とは言え、これは天王寺さんが俺のことを信頼してくれている証拠だろう。

その信頼に応《こた》えるためにも、俺は頷いた。

ダンスに使用した道具を片付けて体育館の外に出ると、橙色《だいだいいろ》の陽光が顔を照らした。

外はすっかり夕焼けに染まっている。

「社交ダンスには慣れていますが、こんなに長時間踊ったのは初めてかもしれませんわ」

天王寺さんが汗のついた髪《かみ》を軽く撫《な》でながら呟いた。

「やっぱり、天王寺さんほどの家柄《いえがら》になれば、社交ダンスをする機会も多いんでしょうか？」

「人によりますわね」

歩きながら、天王寺さんは説明する。

「単なる会食と違《ちが》って、舞踏会《ぶとうかい》は念入りに準備しなくては開催《かいさい》できないイベントですから。殆《ほとん》どの場合、事前に参加の可否を記入する招待状が届きますわ。社交ダンスを苦手とする人は、大抵《たいてい》そこで不参加を選びますの」

「なるほど。……会食と違って断りやすい分、ダンスを嗜《たしな》む人と、そうでない人で二分されるということですね」

「そういうことですわ。とは言え、もし舞踏会に参加することになれば……お粗末《そまつ》な踊りを披露《ひろう》することは勿論《もちろん》、壁《かべ》の花になるのも不名誉《ふめいよ》なことですの。学ぶに越《こ》したことはない教養の一種と考えるべきですわ」

その言葉に、俺は頷いて同意を示した。

「俺は舞踏会なんて滅多《めった》に呼ばれませんから、いつになるか分かりませんけど……次の機会までには、人前で踊れるようになりたいですね」

無事に技術を習得した以上は、きっと披露したくなるだろう。

雛子が参加する舞踏会があれば、そこが俺の社交ダンスデビューになるかもしれない。

「……あまり、悠長《ゆうちょう》なことは言っていられませんわよ」

その時、天王寺さんは視線を落として言う。

「わたくしの縁談が成立すれば、今までのように放課後を一緒に過ごすことはできなくなりますわ」

「……そう、なんですか？」

「当然ですわ。将来を誓《ちか》った殿方《とのがた》がいらっしゃるのですから、空いた時間はできるだけその方のために費やすべきでしょう」

言われてみれば、そうかもしれない。婚約者がいるのだから、それ以外の異性とプライベートで何度も会うのは憚《はばか》られるだろう。

「それは……寂しくなりますね」

思わず、そんなことを呟く。

すると天王寺さんは、目を丸くしてこちらを見た。

「寂しい、ですか？」

「はい。……改めて思いましたが、天王寺さんと一緒に何かをするのは楽しいので。こういう時間がなくなるのは素直《すなお》に寂しいです」

本音を告げると、天王寺さんは頬《ほお》を赤らめながら、顔を逸《そ》らした。

「そ、そう、ですか……」

よく分からない反応をされ、首を傾《かし》げる。

流石に馴《な》れ馴れしすぎる発言だっただろうか。

「……ふふっ」

こちらに背を向ける天王寺さんが、小さな笑い声を発した。

「えっと、天王寺さん？」

「な、なんでもありませんわ」

慌てた様子で、天王寺さんは首を横に振った。

「それでは友成さん、また明日」

「はい、また明日」

学院の校門前で、天王寺さんと別れる。

その後ろ姿は、いつもより嬉しそうに見えた。

「ふふっ」

伊月と別れ、屋敷《やしき》に帰ってきた美麗は、自室に向かいながら自然と笑《え》みを零《こぼ》した。

「……ふふふっ」

足が軽い。少し前まで汗水《あせみず》垂らしてダンスの練習をしていたのに、その疲労がどこかに吹き飛んだような、不思議な気分だった。

『天王寺さんと一緒に何かをするのは楽しいので。こういう時間がなくなるのは素直に寂しいです』

伊月と別れてから、ずっと頭の中で彼《かれ》の言葉が反芻《はんすう》されていた。

その度《たび》に、温かい気持ちになる。

（寂しいと思っていたのは……）

胸に軽く手を当てて、美麗は思う。

（楽しい、いと思っていたのは……わたくしだけではなかったのですね）

この晴れやかな気持ちは自分だけのものではなかった。

無意識の中にあった感情が、正しいものだと証明されたような気がした。誤解でも錯覚《さっかく》でもなく、自分は伊月と同じ感情を抱いていた。

（こんな日々を、ずっと続けるにはどうすれば……）

ふと、そんなことを思う。

縁談が成立すれば、伊月と会う機会が減ってしまう。

（そうですわ。いっそ、天王寺家の食客《しょっかく》としてお招きすれば……）

そうすれば縁談が成立しても伊月と会うことができる。

今までのように、お茶会をして、一緒に勉強して、ダンスの練習ができる。

まるで名案が浮《う》かんだかのように、美麗は目を輝かせたが――。

「……何を、馬鹿なことを」

我に返る。そんなこと、実現できる筈もない。

自分にとってならともかく、天王寺家にとって友成伊月という人物はただの学生だ。食客にするための正当な理由がどこにも存在しない。

「美麗？」

その時、背後から誰かに声を掛《か》けられる。

振り返ると、そこには自身の母親――天王寺花美《はなみ》がいた。

「あら、お母様。どうかなさいましたか？」

「それはこっちの台詞《せりふ》よ～。廊下《ろうか》でうんうんと唸《うな》っていたから、何かあったのかと思ったのだけれど……」

「何でもありませんわ、ちょっと考え事をしていただけですの」

誤魔化《ごまか》すように美麗は言った。

「美麗、ここ最近……楽しそうね」

「え？」

「気づいてないの？　貴女《あなた》、友成さんと放課後を過ごすようになってから、毎日楽しそうにしているわ」

楽しいと自覚したのは、つい先程だ。

しかし、それが以前から態度として表れていたとは思いもしなかった。

「よければ教えてくれないかしら。美麗にとって、友成さんがどんな人なのかを」

「そう言われましても……どうしてお母様が、友成さんのことを気にするのですか？」

「あら、娘に影響《えいきょう》を与《あた》えた人なんだもの。気になるのは当然でしょ～？」

どこか嬉しそうに花美が言う。

美麗は母の親心を感じ、溜息を吐《つ》いて語り出した。

「そうですわね……友成さんは、とても熱心な方ですわ」

今までの日々を思い出しながら、美麗は告げる。

「最初はどこか弱々しいというか……自信のない印象でしたが、あの方には向上心がありました。自分を変えたいという気持ちが強く、学院での日々をとても大切にしていることが見て取れます」

初めて会った時は、姿勢も悪かったし、態度もおどおどとしていた。

だが、そんな印象を覆《くつがえ》したのは、一ヶ月前のお茶会や勉強会、そしてここ最近の放課後に見せた直向《ひたむ》きな精神だろう。

「初めは付け焼き刃《ば》のようだったテーブルマナーも、今ではすっかり馴染《なじ》んできましたの。無論、わたくしの指導が良かったのは間違《まちが》いありませんが、それ以上に友成さんが真剣《しんけん》な姿勢で学んでいますから、習得が早かったのでしょう」

正直、こんな早く習得するとは思ってもいなかった。

きっと放課後の授業だけでなく、家に帰ってからも自習しているのだろう。その姿勢は尊敬に値する。

「今日のダンスの練習でも、友成さんは一生懸命《いっしょうけんめい》で……どこまで成長するのか、今から楽しみですわ」

今頃《いまごろ》は、家に帰って復習でもしているのだろうか。

そう思うと何故《なぜ》か、嬉しい気持ちになる。

「いいお友達と巡《めぐ》り会《あ》えたようね」

「ええ。友成さんを見ていると、とても良い刺激《しげき》が手に入ります。できれば、これからも彼と一緒に――」

そこまで口にしたところで、美麗の頭は急速に冷めた。

自分が、想像以上に今までの日々を大切にしていたことを自覚する。思わず口からそんな願望が吐露《とろ》されそうになった。

だが、その日々はもう終わるのだ。

これからは父と母が用意した、別の相手と共に過ごさねばならない。

「……縁談の相手も、そういう方であれば幸いですわね」

絞《しぼ》り出したような声で美麗は言った。

悟《さと》られてはならない。自分がこの縁談に対して、少しでも残念に思っているだなんて、母親に知られるわけにはいかない。

「美麗。いつも言っているけれど、無理に気負う必要はないのよ？　貴女はつい色んなものを抱《かか》え込《こ》んじゃう癖《くせ》があるけれど、本当はもっと自由に……」

「……心配ご無用ですわ、お母様」

母の言葉を遮《さえぎ》るように、美麗は言う。

「わたくしは、自由に生きています」

「……そう」

いつも通り堂々と、惚《ほ》れ惚《ぼ》れするほどの美しい笑みを浮かべて美麗は言った。

しかし母は、どこか悲しそうな顔で頷いた。

「縁談の件なのだけれど、そろそろ一度、顔合わせをしようという話になっているの。だから美麗……近々、時間を作ってもらえるかしら？」

「勿論ですわ」

迫《せ》り上がる感情を強引《ごういん》に押《お》し殺して、美麗は頷いた。

天王寺家の娘として、この気持ちを自覚することは許されない。

――それでも。

ひとつだけ、恨《うら》み言《ごと》を口にしても許されるなら。

伊月《あの人》と出会う前に、縁談の話を聞かせて欲《ほ》しかった。

天王寺さんとのダンスのレッスンにも慣れてきた。

社交ダンスは男女が身体を密着させて行う。おかげで最初は随分《ずいぶん》と情けない姿を見せたような気もするが、天王寺さんの真剣な姿勢を見ているうちに、俺の中にあった邪《よこしま》な感情は消え去った。

「本日は、これで終了《しゅうりょう》ですわ」

そう言って天王寺さんが軽く汗を拭う。

時計を見ると、まだ一時間しか練習していなかった。

「いつもより早いですね」

「ええ。本当はもう少し続けたいところですが……今日は用事がありますの」

「用事？」

気軽に訊き返すと、天王寺さんは何故か表情を曇《くも》らせた。

「……以前、お話しした縁談の件ですわ。本日はその相手と顔合わせをいたしますの」

そう告げる天王寺さんの表情は、やはり曇ったままだった。

「あの……天王寺さんは、その縁談に何か思うところでもあるんですか？」

「何故、そう思ったんですの？」

「あまり乗り気には見えなかったので」

俺は今まで、天王寺さんが縁談に乗り気だと思っていたから応援するつもりだった。一時は不安気な様子を見せていたが、それは縁談という未知の経験に対して気後《きおく》れしているだけで、縁談そのものに不安があるような態度は取っていなかったと記憶《きおく》している。

しかし、違ったのかもしれない。

今一度、俺は天王寺さんの本心を訊いたが――。

「心配なさらなくても、わたくしは縁談に対して前向きに考えていますわ」

天王寺さんは、誤魔化すような笑みを浮かべて答える。

「それに……わたくしは立場上、縁談を受け入れなくてはいけません」

「立場……？」

「ええ。折角《せっかく》なので、友成さんにはお話ししておきましょう」

天王寺さんは改まった様子でこちらを見つめた。

「わたくしは――養子なのですわ」

その発言に俺は目を見開く。

天王寺さんは冷静に話を続けた。

「養子と言っても、天王寺家に引き取られたのは赤《あか》ん坊《ぼう》の頃ですから、あまり実感はありませんが……わたくしは天王寺家の、実の娘ではありません」

僅《わず》かに、負い目を感じているような表情で、天王寺さんは語る。

「お父様もお母様も、わたくしのことを実の娘のように扱《あつか》ってくれますわ。しかし、それでも紛《まぎ》れもない事実として、わたくしには天王寺家の血が流れていません。……なればこそ、わたくしは一層、天王寺家の娘に相応《ふさわ》しい行動を心掛《こころが》ける必要があります。血を継《つ》いでいないのですから、せめて成果を継がねばなりません。これは、わたくしの義務ですわ」

混乱してしまいそうな頭をどうにか働かせ、俺は天王寺さんの話を整理した。

つまり天王寺さんは、養子という立場であるがゆえに、天王寺家の期待を裏切ってはならないと思っているのだ。そして天王寺さんは、これこそが自分の義務だと考えている。

「ちょ、ちょっと待ってください」

話を整理した俺は、今まで抱えていた前提がひとつ崩《くず》れた予感がした。

「まさか、天王寺さんは……義務で、婚約《こんやく》をしたんですか？」

その問いに、天王寺さんは薄らと笑みを浮かべて首肯《しゅこう》する。

「ええ。ですがこれは、わたくしたちのような階級の人間ならばよくある話です」

確かにそうかもしれないが……。

――いいのか？

本当にそのままで、いいのだろうか。

咄嗟《とっさ》に思《おも》い浮かべたのは雛子のことだった。親の言いなりになっていれば幸せになるとは限らない。俺はそれを、雛子との関《かか》わりでよく理解している。

しかし今回は、天王寺さん自身が今の境遇《きょうぐう》に納得《なっとく》しているのだ。

外野が何かを言うべきではない。そう分かっていても気に掛かる。

「わたくしの事例は少々特殊《とくしゅ》ですが……他《ほか》ならぬ貴方《あなた》なら理解してくれますわね？」

「え……？」

「だって、貴方も養子なのでしょう？」

不意に訪《おとず》れたその言葉に、俺は口を開けたまま硬直する。

「以前、此花さんたちも参加していた勉強会で、わたくしが言ったことを覚えていますか？」

その言葉を聞いてから、俺は思い出した。

勉強会の休憩《きゆうけい》中、天王寺さんは俺に『本当に中堅企業《ちゆうけんきぎよう》の跡取《あとと》り息子《むすこ》ですの？』と訊いた。

「……確か、俺のマナーが付け焼き刃で、跡取り息子として教育を受けているものではないと言っていましたね」

「ええ。あの時点でわたくしは、貴方の身分を察していました。恐《おそ》らく貴方は……わたくしと同じ、家名を守るために、責務を果たそうとしている者なのだと」

天王寺さんはその結果、俺を養子だと判断したらしい。

だが——残念ながら違う。

途中《とちゆう》までは正解だ。俺も天王寺さんと同じように、家名を守るために責務を果たそうとしている。

ただし、俺が守る家名は此花家のものだ。

俺は養子ではなく、此花家に雇《やと》われているだけの使用人である。

これを天王寺さんに説明するわけにはいかない。それは俺と此花家の契約《けいやく》に違反《いはん》する。

大して出来がいい頭を持っているわけではないが、それでも俺がここで正体を明かした場合、此花家にどれだけの迷惑《めいわく》が掛かるのかくらいは想像できた。

「……ご内密に、お願いします」

「勿論ですわ。……ふふ、やはり、わたくしの目に間違いはありませんね」

天王寺さんが楽しそうに笑みを浮かべた。

ズキリ、と胸が痛む。

それは俺が、今までずっと見て見ぬ振りをしてきた……罪悪感だった。

「……伊月？」

此花家の屋敷に戻って暫《しばら》く。

夕食の手を止めていた俺に、雛子が不思議そうに声を掛けた。

「あ、ああ、ごめん。何の話だったっけ？」

「明日……学院をサボりたいっていう話……」

「それは駄目《だめ》だと思うぞ。あと多分、そんな話してなかっただろ」

雛子は「てへー」と可愛《かわい》らしい顔で誤魔化した。

ああ、そうだ。確か俺たちは、学院の勉強について話していたのだ。お互《たが》いに予習、復習は欠かさない身なので、成績は違えど共感できる点は多々あった。

「伊月……次はこれ、食べたい……」

「……自分で食べられるだろ」

「……食べられない」

嘘《うそ》つけ、と指摘するのも野暮《やぼ》なので、俺は「はいはい」と返事をして、皿の上に載《の》っているポークソテーを雛子の口に運んだ。

雛子がもぐもぐと咀嚼《そしやく》している間に、俺も一口食べる。……美味《うま》い。マスタードを混ぜたクリームソースが、まろやかな舌触《したざわ》りにしている。

「そう言えば、雛子は屋敷にいる間、いつ勉強してるんだ？」

「学院が終わって、帰ってきてから……夕食まで。偶《たま》に、その後もやらされる……」

や、やらされると言う辺りが如何《いか》にも雛子らしい。

「夜もやるとなると……結構、長時間勉強するんだな」

「学院の勉強だけじゃ、ないから。……会食の時に、話題についていくために此花グループの業績も知っておかなくちゃ駄目だし……会議に顔を出す時は、事前に話す内容の打ち合わせとかも、する……」

よく考えれば俺と雛子は同じ屋敷で暮らしているが、常に一緒《いっしょ》に行動しているわけではない。特に放課後から夕食までの間、俺は静音さんや天王寺さんからレッスンを受けていた。その間、雛子も勉学に勤《いそ》しんでいたのだろう。

家の義務を背負っているのは、天王寺さんだけではない。

雛子も日々、家のために勉強していて――。

「……そういうのって、嫌《いや》な気分にならないか？」

ほぼ無意識に疑問を口にして――すぐに気づいた。

俺は雛子の苦労を知っている筈なのに、他人事のような質問をしてしまった。

「悪い、別に哀《あわ》れんでいるわけじゃなくて。ただ……雛子は、此花家の令嬢《れいじょう》として、どんなふうに自分の義務と向き合っているのか、気になったんだ」

言い直すと、雛子は「んー」と悩《なや》ましげな声を漏《も》らした。

「勉強は、普通《ふつう》に……面倒臭《めんどうくさ》い」

それはまあ、そうだろう。分かりきったことだ。

「でも……私のせいで、誰《だれ》かが悲しむのも、好きじゃないから……偶に、頑張《がんば》らないといけないなーって、思う時もある。……家のことが、息苦しく感じる時もあるけど」

そうか。やっぱり雛子も、自分の環境《かんきょう》を息苦しく感じる時はあるのか。

熱を出すほど疲労することがあるのだから当たり前だ。ただそれを、本人の口から聞いたのは初めてだったので、俺は改めてその事実の重大性を実感した。

「だから……伊月が、私を助けに来てくれた時は、本当に嬉《うれ》しかった……」

雛子が、嬉しそうに微笑《ほほえ》みながら言う。

「私の世界は……此花家だけじゃないって、分かったから……」

流れ星よりも目で追ってしまいそうな、綺麗《きれい》な笑みを雛子は浮かべた。

けれど、俺の脳裏《のうり》には他の少女の顔が過っていた。

天王寺さんは、縁談《えんだん》は自分のような階級の人間にはよくある話だと言っていた。

あの人は……天王寺家以外の世界を、知っているのだろうか。


その日、美麗は縁談の相手と顔合わせをした。

場所は美麗が今住んでいる、天王寺家の屋敷だ。この屋敷を初めて訪れた者は大抵萎縮《たいていいしゅく》するが、先方にその様子は見られなかった。

上流階級らしい振《ふ》る舞《ま》いに、品性と教養に富んだ言動。なるほど、父と母が用意した縁《えん》談《だん》相手なだけはあると美麗は納得する。

しかし、それでも……美麗の心は晴れなかった。

「では、本日はそろそろお開きということで」

美麗の母、花美が食事会の終了を告げる。

縁談相手とその母親は、最後にもう一度だけ丁寧《ていねい》に挨拶《あいさつ》をしてから屋敷を去った。

「美麗、お疲《つか》れ様《さま》～」

「ええ……お疲れ様ですわ」

母は、食事会の後片付けについてメイドたちに指示を出した後、美麗に声を掛けてきた。

「縁談の相手はどうだった～？　見たところ話は弾《はず》んでいたようだけど～？」

「そうですわね。知的で、いい方だと思いますわ」

美麗は、食事会で対面に座《すわ》っていた男性のことを思い出して語る。

「身だしなみも気を遣《つか》っていましたし、マナーもしっかり身についていました。……伊達《だて》に大企業《だいきぎょう》の跡取り息子ではありませんわね。流石はお父様とお母様が選んだ相手ですわ」

「それはもう、美麗には幸せになって欲しいと思っているからね～」

母は柔和《にゅうわ》な笑みを浮かべて言った。

「ですが……あの方はとても常識的と言いますか、上品で信頼《しんらい》できると言いますか……」

「あら、それの何がいけないの～？」

「いけない、というわけではありませんが……こう、何もかもが完璧《かんぺき》ですと、わたくしが何かを教える必要がありませんし、わたくしが心配するようなこともきっとしないでしょうし……」

「……それの何がいけないの～？」

母は困惑《こんわく》していた。

美麗自身も困惑していた。

自分は何を言っているのだろうか。複雑な表情を浮かべる。

「ちなみに、今回の相手だけど～……友成さんと比べると、どう思ったのかしら～？」

「な、なんでそこで、友成さんの名前が出るんですの？」

「あら～？　別に気になっただけで、他意はないわよ～？」

他意しかない態度だった。

困った母だ、と美麗は嘆息《たんそく》する。

「流石に、大企業の跡取り息子と比べると天と地の差がありますわ。友成さんは、まだ拙《つたな》いところが多々ありますし……わたくしが教えなければならないことも山積みで、こういう会食の場に同席でもすれば、つい色々と心配してしまいますわね」

「あらあら、理想通りね～」

母が何かを言っているが、よく分からないので無視することにした。

「そう言えば、今まで聞いたことがなかったけど……友成さんのご実家は、何をしているところなのかしら？」

「確か此花グループの傘下《さんか》にある、ＩＴ企業とのことでしたわ。……会社の名前はまだ聞いていませんわね」

そう言えば、伊月とはその手の話題になったことがない。

普通、貴皇学院《きおうがくいん》の生徒同士だと、一週間もすればこういう話題が出てくる。勿論、それで格付けをするためではなく、純粋《じゅんすい》な興味からくるものだ。

（友成さんの場合……それだけ、興味深いことが多いということですわね）

良い意味でも悪い意味でも、伊月は家柄の話をする暇《ひま》がないくらい、他の話題が尽《つ》きない相手だ。それは美麗にとっては新鮮《しんせん》で、どこか心地《ここち》よいものだった。

「ＩＴ企業だったのねぇ。でも、跡取りにしては、いい意味で庶民的《しょみんてき》というか……気さくな方よね～」

母が頬に手を添《そ》えて言う。

中堅企業とはいえ伊月も跡取り息子だ。それにしては確かに庶民的と言わざるを得ない。

美麗はその理由を知っている。他言無用にするべきとは分かっているが……母は伊月のことを随分と気に入っているようだ。それなら、きっと悪いことにはならないだろうと思い、美麗の口が軽くなった。

「……ここだけの話、彼はわたくしと同じ養子ですの。ですから、庶民的なのも無理ありませんわ」

母はきっと理解を示すだろう。なにせ美麗自身も養子だ。

そう思ったが、何故か母はいつもよりほんの少しだけ真剣な面持《おもも》ちとなり、

「ねえ、美麗。それってつまり……跡取り息子が欲しかったから、友成さんを養子にしたということよね～？」

「ええ……その筈《はず》ですわ」

意図が掴めない質問に、美麗は不思議に思いながらも答える。

「変ねぇ～？　此花グループのＩＴ企業で、跡取りに困っているところがあるなんて、聞いたことないのだけれど～……」

「……え？」

天王寺さんが縁談の相手と会食をするという話を聞いてから、三日後の月曜日。

この日も俺《おれ》はいつも通り、雛子と一緒に学院へ向かおうとした。

「伊月ー……」

「どうした、雛子？」

「天王寺さんとの、勉強会……どんな感じ？」

屋敷を出て、日に当たりながら門の方まで歩いていると、雛子が訊《き》いてきた。

「順調だ。この分なら成績も高くなるだろうし……それに天王寺さんみたいな人と接していると、色んな意味で度胸もついてきた」

天王寺さんは独特な雰囲気《ふんいき》を持つが、貴皇学院を代表する上流階級の生徒である。そんな彼女《かのじょ》との交流に慣れたことで、他の上流階級の人との交流にも抵抗《ていこう》がなくなりつつあった。次の社交界は、きっと前回よりも上手《うま》く振る舞えるだろう。

「天王寺さんも、勉強がうまくいっているみたいだし……次の実力試験では雛子が負けるかもしれないいな」

「……む」

雛子が少し不機嫌《ふきげん》そうな声を零した。

しかしまだ眠《ねむ》いのか、特に何かを言うことはない。

「お二人とも、雑談は結構ですがちゃんと歩いてください」

「すみません」

少しだけ歩幅《ほはば》を広げて車へ向かう。

黒塗《くろぬ》りの車に近づくと、待機していた運転手が粛々《しゅくしゅく》と頭を下げた。俺も軽く会釈《えしゃく》する。

その時、静音さんは眦《まなじりするど》鋭くどこかを睨《にら》み――。

「――曲者《くせもの》ッ!!」

「えっ!?」

唐突《とうとつ》に屋敷の外を指さした静音さんに、俺は驚愕《きょうがく》する。

すぐに此花家の警備が、静音さんの指さした場所へ駆《か》けつけた。

一分後、警備の一人が静音さんに近づき、「異常なし」と伝える。

「……気のせいですか」

訝《いぶか》しむような様子で、静音さんは言った。

「失礼しました。視線を感じましたので」

「そ、そうなんですか……」

まさかこの現代日本で、曲者なんて言葉を聞くとは思わなかった。

「しかし不思議ですね。私のこういう勘《かん》は当たることが多いんですが……」

静音さんは呟《つぶや》く。

「……気のせいでなかったとしたら、かなりの手練《てだ》れですね」

不穏《ふおん》なことを告げる静音さんに、俺はゴクリと唾《つば》を飲んだ。

一体、俺は何に巻き込まれているんだろうか。


車から降りて学院に向かう。

「友成さん」

下足箱で靴《くつ》を履《は》き替《か》えていると、天王寺さんに声を掛けられた。

「天王寺さん、おはようございます」

「ええ、おはようございます」

こんな場所で会うのは珍《めずら》しい。

そう思って天王寺さんの方を見ると、何やら真剣な面持ちをしていた。何か話したいことがあるのだろうか。

「友成さん。単刀直入にお訊きいたします。──わたくしに何か嘘をついていませんか？」

その問いに、俺は心臓を鷲掴《わしづか》みにされたような衝撃《しょうげき》を受けた。

激しく動揺《どうよう》する。しかしそれを表に出してはならない。

天王寺さんに対する嘘は二つある。

ひとつは俺が、身分を偽《いつわ》って貴皇学院に通っていること。そしてもうひとつは、俺が此花家の世話になっていることだ。

どちらも知られるわけにはいかない。

「……さぁ。心当たりはありませんね」

「……そうですの」

天王寺さんは、ほんの少しだけ残念そうな顔で頷《うなず》いた。

「分かりました。変なことを言ってしまい、申し訳ございません」

「い、いえ。大丈夫《だいじょうぶ》ですけど……」

どうして急にそんなことを訊いたのだろうか。

気になったが、詮索《せんさく》すると藪蛇《やぶへび》になるような気がして質問できなかった。

「ああそれと、本日のレッスンはお休みにさせていただきますわ。急用が入りましたので」

「分かりました。……また、縁談の関係ですか？」

「いえ、今回は違います」

どこか、怒《いか》りのような感情を灯《とも》した瞳《ひとみ》で、天王寺さんは言った。

「それよりもっと大事なことですわ」

その日の放課後。
下足箱のロッカーを開けた俺は、とんでもないものを目にした。
ロッカーに入っていたのは、ひとつの封筒《ふうとう》だった。
その表面には達筆でこんな文字が書いてある。
——果たし状。

四章◆嘘はなし

多分、それまではいつも通りの日常だった。

授業は真面目《まじめ》に受け、昼休みは雛子《ひなこ》と一緒に弁当を食べ、そして放課後になったら天王《てんのう》寺《じ》さんと一緒に勉強会をする。

その途中。

放課後、下足箱で靴を履き替えようとしたところで、俺は普段《ふだん》見ないものを目にした。

ロッカーの中に入っている、一通の封筒。

白色のその手紙を見て、俺は反射的にロッカーを閉める。

「嘘だろ……？」

ラブレターだ。

……ラブレターだ!!

いやいや……そんな馬鹿《ばか》な。

貴《き》皇学院《おうがくいん》の生徒たちが、まさか俺のような男に惚れるだろうか？

確かに、お世話係として身だしなみには気を使っているが、貴皇学院の生徒たちは美男美女が多い。容姿で俺が選ばれることはない筈だ。

俺の社会的地位も、表向きは中堅《ちゅうけん》会社の跡取り息子。普通の高校なら憧《あこが》れの的かもしれないが、貴皇学院には大企業の社長候補がゴロゴロといる。やはり、敢《あ》えて俺を選ぶ理由が分からない。

「ど、どうしよう、静音《しずね》さんに……」

頭が混乱し、すぐにでも誰かに相談したかった。

これが普通の高校なら真っ先に悪戯《いたずら》の可能性を疑うが、この学院にそのようなことをする生徒はきっといない。

深呼吸して、もう一度、ロッカーを開く。

恐る恐る封筒を手に取ってみると――。

――果たし状。

その表面には、想定外の文字が書かれていた。

「……はい？」

思わず一分ほど硬直《こうちょく》した俺は、ゆっくりと頭を回転させた。

これは……悪戯だろうか。少なくともラブレターの線は消えた。嬉しいような、悲しいような……いや、元々期待はしていなかったから、何も問題はない。そういうことにしておこう。

果たし状を開くと、そこには集合時間と集合場所が記されていた。

時候の挨拶も何もない。放課後、道場にて――とだけ記されている。

「……ん？」

達筆で記されたその文字を見て、俺は首を傾《かし》げる。

「これ……天王寺さんの字だよな？」

一緒に勉強会をしていたため、天王寺さんの字は覚えていた。

書道家が気合を入れて書いたかのようなその達筆は、気が強い天王寺さんらしいものだ。

取り敢えず、案内通り道場へ向かう。

貴皇学院には体育館の隣《となり》に道場があった。俺はその扉《とびら》を開けて、中に入る。

道場の中心では、袴《はかま》を身に纏《まと》った天王寺さんが正座していた。

「来ましたわね」

ゆっくりと瞼《まぶた》を開いて、天王寺さんが言う。

「あの、天王寺さん。果たし状って、どういう意味……」

「まずは更衣室《こういしつ》で道着に着替《きが》えてくださいまし」

その言葉から有無《うむ》を言わせぬ迫力《はくりょく》を感じた俺は、不思議に思いつつも指示に従う。

男子更衣室には一着の剣道着《けんどうぎ》があった。此花《このはな》家で護身術を学んでいるため、道着の着方は分かる。

着替えた後、更衣室を出ようとしたら、扉の脇《わき》に一本の竹刀《しない》があることに気づいた。これも持っていった方がいいのだろうか。天王寺さんの意図が分からず、首を傾げながら俺は竹刀を手に取る。

「天王寺さん。言われた通り着替えてきましたが、これは一体――」

「――友成《ともなり》さん」

正座の状態から立ち上がった天王寺さんは、袴の内側に手を入れる。

「これは何ですの？」

天王寺さんが取り出したのは三枚の写真だった。

手渡《てわた》された俺は、そこに写るものを見て――目を見開く。

「こ、これは……っ⁉」

それは今朝、俺が雛子と一緒に此花家の屋敷《やしき》を出た時の写真だった。

ご丁寧に三つのアングルから撮影《さつえい》されており、そこに写る人物が、紛れもなく俺と雛子であることを示している。

「今朝、わたくしの部下に撮影させました。……まるで此花雛子と、同じ場所に住んでいるかのような様子ですね」

静音さんが「曲者！」と叫《さけ》んでいたことを思い出す。

あの時は、気のせいということで一件落着していたが……どうやら本当に曲者がいたらしい。

「それは、その……家族の付き合いで、此花家に用がありまして……」

「……では質問を変えましょう。今日の昼休み、貴方は何処《どこ》で誰と過ごしていましたか？」

その問いに、今度こそ俺は沈黙《ちんもく》した。

今朝の時点で疑惑《ぎわく》は決定的なものとなった。だから天王寺さんは今日、ずっと俺と雛子を観察していたのだろう。周囲の人影《ひとかげ》には警戒《けいかい》していたつもりだが……相手は此花家に並ぶ名家、天王寺家だ。一度疑われてしまうと、簡単には誤魔化《ごまか》せない。

「その沈黙は、肯定《こうてい》と受け取りますわ」

天王寺さんが視線を下げて言う。

「つまり、貴方は――わたくしを裏切っていたのですね？」

天王寺さんが眦鋭く俺を睨んで言う。

「裏切るって、そういう、つもりでは……」

「構えなさい」

天王寺さんは竹刀の先を俺に向けて告げた。

「貴方のその、ねじ曲がった心を――叩《たた》きのめしてさしあげますわッ‼」

竹刀が振り下ろされる。

「うおっ⁉」

とても女性のものとは思えない、力強い一撃《いちげき》だった。

間一髪《かんいっぱつ》で避ける。鼻の先を竹刀が掠《かす》めた。

「ま、待ってください、天王寺さん！」

「待ちませんわッ‼」

再び頭を狙《ねら》った振り下ろしが迫《せま》る。

今の俺たちは、袴を身につけているだけで防具はない。このままではお互い怪我《けが》をしてしまうかもしれない。

慌《あわ》てて竹刀を横に構え、防御《ぼうぎょ》しようとすると――天王寺さんが手首を返して竹刀の軌道《きどう》を変えた。

「小手ェッ‼」

「い……っ⁉」

手首に鋭《するど》い痛みが走る。

天王寺さんは本気だ。……だからと言って、こちらも本気で応戦するわけにはいかない。相手は天王寺家のご令嬢。怪我でもさせようものなら、大問題に発展してしまう恐れがある。

「貴方は……！」

竹刀を振りながら、天王寺さんは言う。

「あ、貴方は……っ！　わたくしを、からかっていたのですね……っ‼」

その目は、涙《なみだ》に潤《うる》んでいた。

「わたくしが、此花雛子に競争心を燃やす一方で……貴方は、わたくしに協力するフリをして……陰《かげ》ではずっと、笑っていたのですね……‼」

震《ふる》えた声で告げられたその言葉を聞いて、俺は気づいた。

天王寺さんは――誤解している。

「ち、違《ちが》います！」

俺は竹刀を受け止めながら、言った。

「確かに俺は、此花家で世話になっています！　それを黙《だま》っていたことは謝罪します！　ですが、俺が天王寺さんと一緒に過ごしているのは、俺がそうしたいと思っているからです！　雛子は関係ありません!!」

「減らず口を……ッ！　貴方の言葉は、信用できませんわ!!　この裏切り者!!」

天王寺さんに竹刀を押《お》し返される。

一体その細腕《ほそうで》のどこに、これほどの力があるのか。ぶわりと冷《ひ》や汗《あせ》が吹《ふ》き出した。

俺は天王寺さんに嘘をついた。それは……確かに、裏切りかもしれない。

身分を騙《かた》り、経歴を騙り、本音を隠《かく》してきた。天王寺さんは俺のことを信頼して、自分が養子であることまで打ち明けてくれたのに……俺はその真剣《しんけん》な想《おも》いを裏切ってしまったのだ。

「天王寺さん……違うんです。俺は本当に、天王寺さんのことを笑ってなんかいません」

「言い訳無用ですわ！」

その通りだ。俺の口から出る言葉は全《すべ》て言い訳だ。

どうして天王寺さんが、これほど怒《おこ》っているのか、俺には理解できる。

それだけ彼女は、俺のことを信じてくれていたのだ。

一方の俺はどうだ？

裏切っていないとか、雛子は関係ないとか言いながら……結局、嘘をついている時点で天王寺さんを信じていない。

天王寺さんは信用できない人間だろうか？

そんなことはない。寧《むし》ろ、天王寺さんほど信用できる人間なんて殆《ほとん》どいないだろう。彼女はきっと、俺がどんなことを言っても、常に正しい態度を取り続ける。

「嘘を、ついたことは認めます」

俺は天王寺さんの竹刀を受け流しながら言った。

「隠し事《ごと》があったことも、認めます。でも……それは、天王寺さんを傷つけるためではありません」

「言い訳無用と、言った筈ですわ！」

今の天王寺さんは混乱している。だから言葉が届かない。

きっと天王寺さんも、冷静になれば分かる筈だ。陰湿《いんしつ》な、いじめのようなものを疑っているのだろうが……たかがその程度のために、毎日一緒に放課後を過ごしたり、厳しいレッスンを受ける人がいるだろうか。

「これだけは、本当なんです」

「ですから、信じられないと言って——」

天王寺さんが竹刀を振り下ろそうとする。

その寸前、俺は右腕《みぎうで》を前に出し、天王寺さんの竹刀を握《にぎ》って止めた。

「……本当なんだ」

素の自分で、俺は告げる。

竹刀を握り締《し》めながら、覚悟《かくご》を決めた。

言おう、全部。

天王寺さんが、俺を信じてくれたように――俺も天王寺さんを信じたい。


「さて。弁明を聞きましょうか」

落ち着きを取り戻《もど》した天王寺さんは、真《ま》っ直《す》ぐ俺を睨んで言った。

道場の中心。正座して向かい合う俺たちの間には、張り詰《つ》めた空気が立ち込《こ》めている。

「実は――」

俺は、自分の境遇について正直に説明した。

自分が中堅企業の跡取り息子などではないこと。普段は此花家で使用人として働いていること。その全てを説明する。

ただし――雛子の本性《ほんしょう》についてだけは、言わなかった。

こればかりは言えない。此花家全体に深く関わる事情だし、それに俺個人のことだけならともかく、雛子の秘密を勝手に暴露《ばくろ》するのは憚《はばか》られた。

「なるほど……なるほど、なるほど、なるほど……」

説明を聞いた天王寺さんは、頻《しき》りに首を縦に振った。

「貴方は実は、会社の跡取り息子ではなく貧乏《びんぼう》一家の長男であり、今は此花雛子の側付きとして働いており、その一環《いっかん》として貴皇学院の生徒にもなったと。そしてその事情を黙っていたのは、自分を拾ってくれた此花家に、迷惑をかけたくなかったからだと。……俄《にわか》には信じがたいですが、辻褄《つじつま》は合いますわね」

天王寺さんは納得《なっとく》した様子を見せた。

そして、じっとりとした目で俺を見据《みす》え、

「詐欺師《さぎし》」

短く告げる。

「貴方は詐欺師ですわ」

「……仰《おっしゃ》る通りだと思います」

ぐうの音も出ない。俺は頭を下げた。

「……その話し方」

「え？」

「その話し方も、演技ではありませんの？　わたくしの竹刀を止めた時、口調が変わったような気がしましたが」

「……まあ」

演技というほど大層なものではないが、確かに普段の口調は違う。

別に貴皇学院の生徒だからといって、全員が敬語を使う必要はない。現にクラスメイトの大正《たいしょう》や旭《あさひ》さんは、誰に対してもフランクな口調で接していた。

「元の口調に戻しなさい」

「……しかし」

「戻しなさいと言っているのです」

有無を言わせぬ迫力だった。

どのみち、こうなってしまった以上、繕《つくろ》っても無駄《むだ》だろう。

「……分かった」

観念して元の口調に戻すと、天王寺さんは目を丸くした。

「本当は……そのような口調だったのですね」

神妙《しんみょう》な面持ちでそう告げた後、天王寺さんは再び鋭い目で俺を見た。

「誓《ちか》いなさい。貴方《あなた》は今後、わたくしの前では嘘をつかないこと。言葉だけでなく、態度もです」

天王寺さんは続けて言う。

「その誓いさえ守るなら、今まで通りの関係を約束いたしますわ」

「……いい、のか？　今までと同じで」

「言った筈です。わたくしは、人を見る目には自信があります。……貴方は結局、自分のためというより、此花家の意向を尊重して嘘を貫《つらぬ》こうとしたのですから、それを安易に否定することはできませんわ」

こんな状況《じょうきょう》になっても、天王寺さんは徹頭徹尾《てっとうてつび》、人格者だった。

実際、天王寺さんも他人が不利になるような言動はしないだろう。状況に応じて、言うべきことと言わない方がいいことを区別する筈だ。

「隠し事があるのは仕方ありません。ですがこれからは、言えないことは言えないと仰ってください。嘘をつかないとはそういうことですわ」

「……分かった。もう、天王寺さんの前では嘘をつかない」

俺がそう告げると、天王寺さんはふと何かを思いついたような顔をした。

「折角《せっかく》ですから、呼び方も変えてみましょうか。……二人きりの時は、わたくしのことを美麗《みれい》と呼んでも結構でしてよ？」

「え？」

「……なんですの、その意外そうな顔は。もっと光栄に思いなさい」

天王寺さんは不満気に唇《くちびる》を尖《とが》らせた。

「わたくしも貴方を伊月《いつき》さんとお呼びしますわ。……それを、素の貴方と話す時の合図にしましょう」

なるほど、それは便利かもしれない。

周りの目がある時はいつも通りの呼び方にして、互《たが》いに気を抜《ぬ》いていい時は呼び方を変えるのだ。奇《く》しくも、俺は既《すで》に雛子とそのような関係になっているため違和感《いわかん》はない。

「じゃあ……美麗」

試《ため》しに天王寺さんのことを名前で呼んでみる。

すると、天王寺さんの顔はみるみる赤く染まった。

天王寺さんは沈黙する。必死に動揺を押し殺しているように見えた。

「美麗？」

「や、やっぱり、なしにしましょう」

「え」

天王寺さんは金色の髪《かみ》を指先で弄《いじ》り、視線を逸《そ》らしながら言った。

「れ、冷静ではいられませんので……貴方は今まで通りの呼び方でいいですわ。わたくしは、貴方のことを伊月さんと呼ばせていただきます」

はぁ、と相槌《あいづち》を打つ。まあ天王寺さんがそれでいいなら、俺も構わない。

「とにかく、今日限りで嘘《うそ》をつくことはなしですわ。公平な関係であるためにも、わたくしも貴方に嘘をつかないことにします。……貴方も、わたくしに訊きたいことがあれば何でも訊いてくださいまし」

「何でも、と言われても……」

いざそう訊かれても、簡単に疑問は出てこない。

そう思っていたが、天王寺さんに関しては予《かね》てより一点だけ気になっていることがあった。しかしそれは……今、するべき質問ではないだろうと判断する。

「……別に訊きたいことはないな」

「今、目が泳ぎましたわね」

一瞬《いっしゅん》の逡巡《しゅんじゅん》を、天王寺さんは見逃《みのが》さなかった。

「まったく。どうして今更《いまさら》、遠慮《えんりょ》するんですの」

「いや……やっぱり、そこまで気にならないというか……」

「嘘はなしと言った筈ですわ。それに、この状況で遠慮されると、逆にわたくしの方が気になりますし……何でも言ってくださいまし」

「……じゃあ」

　本人がそこまで言うのだから、俺も正直に尋《たず》ねよう。

「その髪って……染めてるよな？」

「──っ」

　疑問を口にすると、天王寺さんの口から「ひゅっ」と変な吐息《といき》が零《こぼ》れた。

「な、な、なっ、なんて、空気が読めない質問を……っ!!」

「……いや、だいぶ前から気になっていたので」

「ま、まさか、こんなに早く自分で自分の首を締める羽目になるとは……やはり、貴方は詐欺師……!!」

　これに関しては俺のせいではないと思う。

「……て、ますわ」

「え？」

「染めてますわ！　何か文句でもありまして!?」

　天王寺さんは顔を真っ赤にして言った。

　文句があるわけではないので、俺は首を横に振る。すると天王寺さんも落ち着きを取り戻したのか、顔の紅潮が薄《うす》れていった。

「……天王寺家の長女に相応《ふさわ》しい見た目になりたいと思い、幼い頃《ころ》から髪を金色に染めていますの。……口調も同様ですわ」

「あぁ、やっぱりその口調も意図していたのか」

「当たり前ですわ。……そして最早《もはや》、後に引けなくなってしまいましたの」

天王寺さんは複雑な顔で言う。

確かに、普段の天王寺さんを知っている身としては、黒髪《くろかみ》かつ普通《ふつう》の口調である天王寺さんはイメージしにくいかもしれない。何か悪いものでも食べたのかと心配してしまう。

「……もうひとつだけ、訊かせてくれ」

俺はもうひとつ、訊かなくてはならないことがあると気づいた。

「俺が此花家で世話になっていることを知っている人は、天王寺さんの他にいるのか？」

「いいえ、わたくしだけですわ。調査も全て個人的に依頼《いらい》したものですの。……最初に貴方のことを疑ったのは母ですが、母にはわたくしの方で誤魔化しておきますわ」

「……そうか」

ありがとう、と俺は言おうとしたが……つい、口を噤《つぐ》む。

「どうかしましたの？」

「いや……よく考えれば、正体がバレてしまった以上、俺はもうこの学院にはいられないかもなと思って」

「……っ」

この件を、雛子や静音さんに黙っているという選択肢《せんたくし》はない。

俺は天王寺さんを信じた。そして今も確信している。彼女は今回の件で知った情報を、決して誰《だれ》にも吹聴《ふいちょう》しないだろう。

だが……きっと華厳《かげん》さんは、許さない。

そんなふうに考えていると、天王寺さんが悲しそうな顔をしていることに気づいた。

「も、申し訳ございません。わたくしが、執拗《しつよう》に問い詰めたせいで……そこまで頭が回っていませんでしたわ」

「……いや、天王寺さんのせいじゃない」

天王寺さんが誤解しているので、俺はすぐに訂正《ていせい》した。

この件に関して、天王寺さんに責任は一切《いっさい》ない。何故《なぜ》なら――。

「俺がこれ以上、天王寺さんに嘘をつきたくないと思ったんだ」

今、自分が、上手く笑えているのか自信がない。

鬼《おに》が出るか蛇《じゃ》が出るか。

全ての結果が出るのは、今日、屋敷に帰った後だ。

「伊月さん、本日も天王寺様とのレッスンお疲《つか》れ様《さま》です」

屋敷に帰ると、静音さんが出迎《でむか》えてくれた。

俺はこれから今日起きたことについて、静音さんに報告する義務がある。緊張《きんちょう》のあまり拳《こぶし》を握り締めた俺は、深呼吸して口を開いた。

「あの……静音さん。少しお話ししたいことがあります」

「奇遇《きぐう》ですね。私もです」

「え？」

どうやら静音さんの方も、何か俺に用事があるらしい。

心当たりはない。しかし……きっと今回ばかりは俺の用件の方が重大だろう。

「では、まずは伊月さんの用件を伺《うかが》いましょう」

「……はい」

俺は今日あったことを全て正直に伝えた。

天王寺さんに正体がバレたこと。しかもそれは――俺の意思であること。俺は緊張しつつも、まるで罪滅《つみほろ》ぼしでもするかのように詳細《しょうさい》に説明をする。

「雛子の、素の性格に関しては伝えていません。ただそれ以外は……殆ど説明しました」

「……そうですか」

静音さんは神妙な面持《おもも》ちで頷いた。

「正直で何よりです」

「……え？」

どのような処分となるのか、恐《おそ》れていた俺《おれ》に、静音さんはまるで感心したような素振《そぶ》りを見せた。その意味が分からず、俺は目を丸くする。

「先程《さきほど》、天王寺美麗様から電話がありました。用件は、貴方を退学させないで欲《ほ》しいとのことです」

その言葉に、俺は驚愕する。

「大体の事情は聞いています。……美麗様は、自分が冷静でいられなかったせいで、伊月さんのことを必要以上に勘ぐってしまったと反省していました。今回の件の責任は、自分にあると美麗様は主張しています」

「そんなことは……」

多分、天王寺さんは……俺と別れてすぐに連絡《れんらく》を入れたのだろう。

天王寺さんは、そういう人だ。動揺する一方で、どこか納得している自分がいる。

「流石《さすが》は天王寺家のご令嬢《れいじょう》です。私が伊月さんの身分について知っていることを承知の上で、わざわざ私を名指しして連絡されました。いきなり華厳様へ報告すると、伊月さんの立場が危《あや》うくなると見抜《みぬ》いたのでしょう。……華厳様には私の方から伝えておきます。本来なら即刻《そっこく》クビにされるような失態ですが、天王寺家のご令嬢にあそこまで懇願《こんがん》されると、華厳様も無下にはできません。こうなってしまった以上、貴方をクビにすることで逆に天王寺家との確執《かくしつ》を生みそうです」

天王寺さんが電話してこなければ、俺は今まで天王寺さんを騙《だま》していたけじめとしてクビにされていたかもしれない。しかし天王寺さんが必死に俺のことを庇《かば》ってくれたおかげで、此花家としては、俺をクビにすると逆に天王寺家と仲違《なかたが》いしてしまうかもしれないという結論に至ったわけだ。

「救われましたね」

「……はい」

「私も今回の件は責任を感じています。……やはり、天王寺家ほどの相手になると、情報操作も限界がありますね。もっと対策をする必要があるかもしれません」

静音さんは真面目な面持ちで言った。

すると、廊下《ろうか》の向こうから雛子がこちらを見ていることに気づく。

「雛子？」

声を掛《か》けると、雛子は小さな歩幅でこちらに歩み寄った。

「二人とも……どうしたの？」

「実は、伊月さんの正体が天王寺様にバレたようでして」

「……え」

眠《ねむ》たそうな雛子の目が、ゆっくりと見開かれる。

「伊月は、どうなるの……？　まさか……クビに、なったり……」

「恐らくその心配はないかと」

静音さんは淡々《たんたん》と告げる。

すると雛子は、俺の隣まで歩いて来て、

「いてっ」

脛《すね》の辺りを軽く蹴《け》られた。

「……心配、させないで」

「……悪い」

唇を尖らせる雛子に、俺は謝罪する。

「でも……どうして、バレたの……？」

「……俺がこれ以上、天王寺さんに嘘をつきたくないと思ったんだ。天王寺さんは、他人が不利になるようなことをする人じゃないし……信頼《しんらい》できると判断した」

「……む」

不意に、雛子は不機嫌《ふきげん》そうな声を零した。

「随分《ずいぶん》と……信頼してる」

「ああ。でも、天王寺さんがそういう人なのは雛子も分かるだろ？」

「……それはそうだけど」

むむむ、と雛子は複雑そうな顔をする。

やがて小さな唇が開き、

「……伊月の馬鹿」

「えっ⁉」

雛子は踵《きびす》を返して、何処かへ去って行った。

その後ろ姿を、俺は呆然《ぼうぜん》としたまま見届ける。

「し、静音さん。俺……雛子に、嫌《きら》われてしまったんでしょうか……？」

「いえ、別にそういうわけではありませんが……」

静音さんは額に手をやって、溜息《ためいき》を吐《つ》いた。

「……私はどうするべきなんでしょうか」

夜。いつも通り就寝《しゅうしん》前の勉強を終えた俺は、軽く背筋を伸《の》ばした。

解いた問題の答え合わせをすると、いつもと比べて正答率が低いことに気づく。

今日はあまり集中できなかった。

「……心配させてしまったな」

静音さん、そして雛子。二人を不安にさせてしまったことに責任を感じる。

これは決して天王寺さんのせいではない。嘘をついていたのも、不手際《ふてぎわ》でそれを天王寺さんに勘《かん》づかれたのも、全部俺の事情である。

閉じようと思った教科書を、もう一度開く。

もう一踏《ひとふ》ん張《ば》り、頑張《がんば》ってみるか……そう思った直後、部屋のドアがノックされた。

「……？　どうぞ」

こんな時間に人が訪ねてくるとは珍《めずら》しい。

部屋の扉が開くと、その先には静音さんと、雛子がいた。

「雛子？」

「……ん」

静音さんに案内されていたらしい雛子が、小さな足音を立てて俺の部屋に入ってきた。

扉の向こうにいる静音さんが、無言でこちらを見て頷《うなず》き、踵を返す。静音さんは雛子の案内に付き合っていただけで俺に用はないらしい。

扉が閉まり、雛子と二人きりになる。

雛子はよく俺の部屋を訪《おとず》れ、勝手にベッドで寝《ね》ているので、今更緊張《いまさらきんちょう》はしないが――。

「えっと、何しに来たんだ？」

「……別に」

特に用事があるわけではないらしい。

見たところ、不機嫌というわけでもないが……顔を合わせた以上、俺は改めて今日の一件を思い出して頭を下げた。

「今日は心配かけてごめんな」

「……ん」

小さく相槌を打って、雛子は俺のベッドに寝転《ねころ》がった。

「伊月が、クビになったら……困る」

枕《まくら》を抱《だ》き締めながら、雛子が言う。

クビになったら、勿論《もちろん》、俺は困る。でも、俺だけでなく雛子も困るのだ。

気をつけなければならない。

そのために俺が、これ以上意識するべきことは何だろうか。

「……そう言えば、雛子っていつもどんなふうに演技しているんだ？」

枕を抱き締める雛子に訊《き》いた。

「……なんで？」

「今後は今まで以上に、ちゃんと振《ふ》る舞《ま》わないといけないと思ってな。……雛子は、今でこそ自然体でいるけど、学院にいる時はお嬢様《じょうさま》っぽく振る舞えているだろう？　どうやって切り替《か》えているのか、参考程度に教えて欲しいんだ」

質問の意図を説明すると、雛子は得心したように頷いた。

雛子は暫《しばら》く考えるが、

「んー……そんなに、変なことはしてない。……いつの間にか、身についてた」

そうなのか。

てっきり、此花流・催眠術《さいみんじゅつ》のようなものでもあるのかと思った。

いつの間にか身についていたという発言は、素直《すなお》に感心していいものなのか微妙《びみょう》なところである。自らの意思で適応したのか……或《あ》いは、適応せざるを得ない環境《かんきょう》で育ってしまったのか。

幸いなのは、雛子が特に気にしていないことか。

「じゃあ雛子は、例えばやろうと思えば学院にいる時みたいに振る舞えるのか？」

「ん……できる」

小さな顔を縦に揺《ゆ》らして、雛子はゆっくり立ち上がった。

椅子《いす》に腰《こし》掛《か》ける俺に雛子が近づく。

まるで教室にいる時の距離《きょり》感になったところで、雛子はスッと背筋を正した。

「おはようございます、友成君」

「うわっ」

口調も、声音《こわね》も、仕草も、全てが一瞬で変わる。

突然《とつぜん》現れたお嬢様モードの雛子を見て驚《おどろ》くと、雛子が唇を尖らせる。

「うわって……なに？」

「い、いや、ごめん。驚いて……」

不満そうな雛子に、俺は慌てて謝罪した。

思ったよりも、スムーズというか……ヌルッと切り替えてきた。

「そんな簡単に、切り替えられるんだな……」

「ん。……学院にいる時は窮屈《きゅうくつ》だけど、ここなら気楽にできる」

どうやらここで演技をする分には、負担を感じないらしい。

それならよかった。

「……あ、でも、ここは学院じゃないから……名前で呼んでもいいいんだった」

雛子は何かに気づいた様子で独り言を零す。

そして、再びお嬢様モードに切り替えた雛子は、真っ直ぐ俺の顔を見つめて、

「おはようございます、伊月君」

「――っ」

心臓が跳《は》ね上がったような気がした。

いつも通り名前を呼ばれただけなのに、動揺《どうよう》してしまう。

「どうかしましたか、伊月君？　少し顔色が優《すぐ》れないようですが……」

「い、いや……」

思ってはならない。

学院にいる時の雛子は、この演技を強《し》いられているせいでストレスを抱《かか》えているのだ。

だから、決して思ってはならないが――。

（これはこれで……破壊力《はかいりょく》が、凄《すご》いな）

この状態の雛子に名を呼ばれたのは初めてだった。だから、まるで決して手の届かない高嶺《たかね》の花《はな》が、自分のためだけに寄り添《そ》ってくれたかのような感覚を抱く。

目の前の少女が、完璧《かんぺき》なお嬢様と呼ばれている所以《ゆえん》を。

貴皇学院で、高嶺の花と称《しょう》されている所以を、俺は今はっきりと理解した。

「伊月君？」

雛子が俺の顔を覗《のぞ》き込んでくる。

忘れた頃に思い出すが、雛子は十人中十人が振り向くほど容姿《ようし》端麗《たんれい》なのだ。日頃《ひごろ》の距離感のせいで半分慣れつつあったが、お嬢様モードの雛子にこうも近づかれてしまうと、改めて意識せざるを得ない。

「……雛子」

「はい、なんでしょうか？」

お嬢様モードのまま、雛子は小首を傾《かし》げる。

このままでは緊張して話しにくいので――。

「ポテチあるぞ」

「えっ」

雛子は一瞬で自然体に戻った。

引き出しの中からポテチを一袋《ふくろ》取り出すと、雛子が目を輝《かがや》かせる。

お世話係の仕事中、雛子が言うことを聞いてくれない時の最終手段として、静音さんか

ら渡《わた》されていたものだが、最近の雛子は協力的なのですっかり余っていた。

「うんまー……」

ポテチを受け取った雛子は、すっかりいつも通りの気の抜けた状態だ。

俺はやっぱり、こちらの雛子の方が馴染《なじ》みやすい。

しかし……冷静に考えたら、深夜にお菓子《かし》を渡すのは流石にマズかったかもしれない。

「……静音さんには内緒《ないしょ》だぞ」

「ん！」

雛子は満面の笑《え》みを浮《う》かべて頷いた。


翌日の放課後。

俺は天王寺さんとダンスのレッスンをするために、体育館に向かった。

「あ……天王寺さん」

更衣《こうい》室《しつ》で運動着に着替《きが》えて体育館に出ると、そこには丁度、俺と同じく着替えたばかりの天王寺さんの姿があった。

天王寺さんは俺の顔を見た後、キョロキョロと視線を左右に移して、

「伊月さん」

合図をする。

今、この場には俺たち以外に人がいない。

よって俺は、素の態度に戻ることができるが——なにせ今までは丁寧《ていねい》な口調で話しかけていたのだ。天王寺さんが許可を出しても、俺の調子が狂《くる》う。

「ええと……今日もレッスン、よろしく頼《たの》む」

「何を緊張しているんですの」

ぎこちなく挨拶《あいさつ》をすると、天王寺さんはクスリと笑った。

恥《は》ずかしい気分になるが、おかげで俺の緊張も解《ほぐ》れる。

「昨日、此花家に電話してくれたんだよな？　……助かった。あれがなかったら、退学になっていたかもしれない」

「気にする必要はありませんわ。わたくしが責任を感じているのは事実ですし」

神妙な面持ちで天王寺さんは告げた。

「実は今日、貴方のことをこっそり観察させていただきましたが……なるほど、確かに貴方は此花雛子の従者らしい振る舞いをしていましたわ。常にさり気なく傍《そば》にいて、何かがあったらすぐに駆《か》けつけられるよう準備している。……全く、此花雛子は恵《めぐ》まれていますわね」

「そう言ってくれると安心する。まあ正直、いっぱいいっぱいだけどな」

「謙遜《けんそん》する必要はありませんわ。恐らく、此花家の使用人に相当仕込《しこ》まれているのでしょう。貴方は少なくとも使用人としては、十分に優れていますわ」

そう言って、天王寺さんは少し視線を下げる。

「全く、本当に……羨《うらや》ましい。これなら、わたくしの従者になってくれてもいいのに……」

天王寺さんはブツブツと何かを呟《つぶや》いた。

「何か言ったか？」

「……いいえ、何も」

若干《じゃっかん》、不機嫌そうな態度で天王寺さんは言った。

俺は何か、機嫌を損《そこ》ねるような発言をしてしまっただろうか……？

「ところで、伊月さん。……貴方、昼休みはいつも此花雛子と何をしているんですの？お二人とも、旧生徒会館にいることは知っていますが……」

天王寺さんが俺を睨《にら》んだ。

本日の昼休みに俺がしたことと言えば、雛子に弁当を食べさせ、雛子が昼寝《ひるね》するために膝枕《ひざまくら》をしてやったことくらいだが……言えるわけがない。

「普通に、食事をしているだけだぞ」

「食事だけなら教室でもできるではありませんか。他に何かしているのではなくて？」

流石、天王寺さんだ。

勘がいい。なので、俺は仕方なく――。

「……黙秘《もくひ》する」

「……ほう」

天王寺さんの目が、スッと細められた。

「念のためお尋ねしますが、何かやましいことをしているわけではありませんわね？」

「ああ、それは……」

不意に俺は、雛子を膝枕したことを思い出した。

あれは世間的には不純異性交遊に該当《がいとう》するのではないだろうか。いや、しかし……お互いそのつもりがないから、きっと問題ないだろう。

「……それは、してないと思う」

「なんで今、言い淀《よど》んだんですの？」

「してない」

頭の中にあった不安が、言葉に表れてしまったようだ。

咄嗟《とっさ》に断言するが、少し遅《おそ》かったらしく、天王寺さんは一層訝《いぶか》しむ。

「や、やはり、貴方と此花雛子は、何か特別な関係があるような気がしてなりませんわ……っ!!」

「そんなことを言われても……何を根拠《こんきょ》に疑っているんだ？」

「勘ですわ!!」

「勘って……」

つまり根拠は全くないらしい。

「……強いて言うなら、多分、普通の使用人と比べると、ちょっとだけ親密だと思う」

「し、親密……？」

天王寺さんが眉《まゆ》を顰《ひそ》める。

「……それは、どのくらいですの？」

「どのくらい、とは？」

「ですから！　どのくらい親密なんですの⁉　ちょっと会話するくらいとか、すれ違《ちが》えば声を掛ける程度とか、色々あるでしょう!!」

それは親密どころか、赤の他人が相手でもすることだ。

どうして俺はこんな質問をされているのだろうか。不思議に思いながら、答える。

「例えば、二人で軽く雑談するとか」

「ま、まあ、そのくらいなら問題ありませんわね。わたくしも、していますし」

「あとは、さっきも言ったけど、一緒《いっしょ》に食事をするとか」

「……も、問題ありませんわね。わたくしも、していますし」

「偶《たま》に……頭を撫《な》でたり」

「それはしていませんわ――っ!!」

天王寺さんが怒鳴《どな》る。

しまった。二連続で許容されたので、つい口が滑《すべ》ってしまった。

「頭を撫でる!?　――頭を撫でる!?　どういうシチュエーションですのそれ!?」

「い、いや、その、なんというか、偶にそういう空気になるというか」

「どういう空気ですの!?」

ダン！　と天王寺さんは強く床《ゆか》を踏《ふ》んだ。

その空気を説明するのは難しい。回答に迷っていると、天王寺さんが顔を真っ赤にして、俺に言った。

「わたくしの頭も……撫でなさい」

「……はい？」

「わたくしの！　頭も！　撫でなさい！　この、わたくしが——天王寺美麗が！　此花雛子に先を行かれるわけにはいきませんわ!!」

先って……。

天王寺さんは、雛子と何を争っているつもりなんだろうか。

「じゃあ……」

このまま撫でないと更《さら》に怒《おこ》られそうなので、俺は天王寺さんの頭に手を伸ばす。

「ふぁ……」

頭を撫でると、天王寺さんが変な声を零した。

天王寺さんの気丈《きじよう》な性格とは裏腹に、その髪は絹の如く柔《やわ》らかかった。雛子の髪とはまた違った感触《かんしよく》である。天王寺さんのつむじは、中心からほんの少しだけ逸れていた。

そのまま暫く、小さな頭を撫で続けていると……天王寺さんは頬《ほお》を真っ赤に染めて沈黙《ちんもく》した。その様子に、俺は恐る恐る声を掛ける。

「……天王寺さん？」

「は——っ!?」

天王寺さんは、我に返ったように目を見開いた。

手を離《はな》すと、天王寺さんは態《わざ》とらしく咳払《せきばら》いをする。

「コホン。失礼……少し考え事をしていましたわ」

「考え事……？」

「何か？」

とてもそうは見えなかったが……口にすると藪蛇《やぶへび》になりそうなので黙《だま》っておこう。

「あ、貴方《あなた》は、こういうことを……此花雛子としているのですか？」

「……まあ」

肯定《こうてい》すると、天王寺さんは眉間《みけん》に皺《しわ》を寄せた。

「ふ、ふふふ……やはり、わたくしと此花雛子は、相容《あいい》れぬ関係のようですわね……!!」

天王寺さんは拳を握《にぎ》り締《し》めて、呟く。

「……レッスン、を始めますわ」

「え？」

「レッスンを始めますわっ!!」

「は、はい!!」

何故か天王寺さんは、物凄《ものすご》く怒っていた。

「そこ、動きが遅《おく》れていますわよ!!」

レッスンが始まって一時間が経過した。

俺が誤った動きをすると、天王寺さんは素早《すばや》く指摘《してき》する。

「な、なんか今日、いつもよりキツいような……っ」

「詐欺師《さぎし》に手加減なんてしませんわ！」

「ぐっ……何も言い返せない」

気づけば俺の足腰《あしこし》はへろへろだった。体力だけなら天王寺さんにも負けない筈《はず》だが、恐らく俺は動きに無駄《むだ》が多いため、余計な体力を使っているのだろう。

そのまま、更に一時間ほど時が経《た》ったところで、俺たちは足を止めた。

「本日は、これで終わりにしましょう」

「あ、ありがとう、ございます……」

頭を下げた俺は、頬から垂れる汗《あせ》を手の甲《こう》で拭《ぬぐ》った。

天王寺さんも襟元《えりもと》を伸ばして顔の汗を拭《ふ》く。運動着が持ち上がり、天王寺さんの細くて白い腰《こし》が見えたので、俺は少し目を逸らした。

「相変わらず、飲《の》み込《こ》みが早いですわね」

「……あまり実感はないけどな」

「お世辞で言っているわけではありませんわ。本来なら二日かけて学ぶものを、貴方はたったの半日で覚えています。……やはり、向上心が高いからこその成長なのでしょうね」

そう言った後、天王寺さんはふと何かを考え込む素振りを見せた。

「どうかしたのか？」

「いえ、今更ながら自分の趣味《しゅみ》趣向《しゅこう》を自覚しただけです。……どうやらわたくしは、努力する人が好きみたいですわ」

唐突《とうとつ》に天王寺さんは言う。

殆《ほとん》ど無意識に発言したのだろう。だが今の台詞《せりふ》は、俺にとっては少々無視しづらい。

「ええと、その……好きというのは、つまり……」

「か、勘違《かんちが》いしないでくださいまし!!　人として尊敬するという意味ですわ!!」

「あ、ああ、そういう意味か……」

「当然ですの！　そうでなければ――」

天王寺さんはそこで、我に返ったような顔をする。

「……そうでなければ、いけませんの」

神妙《しんみょう》な面持ちで天王寺さんは言った。

最近、天王寺さんはよくこの顔をする。反応に困った俺は、取《と》り敢《あ》えず話題を変えてみることにした。

「そう言えば、天王寺さんは養子と言っていたけど、あんまりそういう感じはしないよな。俺と違って、庶民《しょみん》っぽくないというか……」

「物心つく頃から天王寺家で育てられましたからね。そういう意味では、わたくしは伊月さんと違って振る舞いを切り替える必要がなかった分、努力も少なくて済みましたわ」

庶民らしい動作が染《し》みついている俺は、貴皇学院に馴染むために、まずは上流階級らしい動作に切り替える努力が必要だった。天王寺さんは養子とはいえ、赤子の頃から天王寺家で育てられたため、俺と違ってその切り替えを経験していない。

しかし、だからといって天王寺さんが俺よりも努力していないことにはならないだろう。天王寺家の令嬢として生きる……その重責は、俺にはない大きなプレッシャーだ。

「ということは、天王寺さんはあまり庶民っぽい暮らしは知らないんだな」

「そうですね。知りたくないと言えば嘘《うそ》になりますわ」

貴皇学院の生徒の中でも、庶民の暮らしを知る者はいる。たとえば成香《なりか》は駄菓子屋《だがしや》によく足を運んでいるようだ。

「ですが……今は、此花雛子に勝つために、勉強に集中しなくてはいけませんわね」

そう告げる天王寺さんは、真剣《しんけん》な表情をしていた。

「……前から思ってはいたけど、天王寺さんって勝負事が好きだよな」

「ええ。元々は天王寺家のために、何でも一番を狙《ねら》うようにしていただけですが……いつの間にか性分《しょうぶん》になっていましたの」

それは実に天王寺さんらしい。

「特に今回は……縁談次第《えんだんしだい》では、わたくしの今後がどうなるか分かりませんから。今のうちに、此花雛子とは決着をつけねばなりません」

「……今後？」

覚悟《かくご》を決めた様子を見せる彼女《かのじょ》に、俺はふと疑問を抱く。

「今後って……縁談によって、何か変わることがあるのか？」

「ええ。最悪、学院を去るかもしれませんわ」

「は？」

唐突に告げられたその言葉に、俺は目を見開いた。

「縁談の相手は、ここから少し遠い場所で暮らしていますの。……先方は、できるだけ早めにわたくしと一緒に暮らしたいみたいなので、恐らく縁談が成立すると、わたくしはすぐに学院を去ることになりますわ」

「ちょ、ちょっと待ってくれ。なんでそんな急に……」

「仕方ありません。わたくしも昨晩、聞いた話ですから」

天王寺さんは冷静に言う。

「縁談を受け入れるとは、こういうことですわ。……家の意向に従い、両家の関係のために粉骨砕身《ふんこつさいしん》する。わたくしはもう、自由を許されない立場ですの」

そう言って天王寺さんは唇《くちびる》を引き結んだ。

今の天王寺さんに、いつもの自信は存在しない。

「もう何度も訊いているが……改めて、質問させてくれ。天王寺さんは、本当にその縁談をよく思っているのか？」

その問いに、天王寺さんは一瞬《いっしゅん》、悲しそうな顔をした。

嘘はなし。そう告げたのは天王寺さんだ。

天王寺さんは目を閉じたあと、上品な微笑《びしょう》を浮かべ……答える。

「黙秘しますわ」

それはもう——答えを言っているようなものだった。


翌日。

授業が終わって休み時間を迎《むか》えた教室にて、俺は深く溜息を吐いた。

「よお、友成。なんか黄昏《たそが》れてんな」

「なになに～？　相談事なら乗るよ～？」

大正と旭さんがやって来る。

本当にこの二人は、いつも話を聞いて欲しい時にやって来る。……きっと偶然《ぐうぜん》ではないのだろう。どちらも教室のムードメーカーであり、気配り上手だ。誰《だれ》かが悩《なや》んでいると感じたら、無意識に声を掛けているのかもしれない。

「あの、お二人に訊きたいんですが……縁談って、どんな感じなんですか？」

「え!?　まさか友成君、縁談の話が来ているの!?」

「いや、俺じゃなくて、あくまで友人の話です」

「なーんだ。裏切られたのかと思っちゃった」

裏切り？　と首を傾げる俺に、旭さんは説明する。

「今時、縁談なんて、一部の大企業《だいきぎょう》くらいしかやらないからね～。アタシたちの社会的地位からすると、縁談＝玉《たま》の輿《こし》みたいな認識《にんしき》かな～」

「偶に俺たちくらいの地位でも、親同士が婚約《こんやく》を勧《すす》めてくることはあるけどな。でもそれは縁談って言うほど堅苦《かたくる》しいものじゃないし……当然、拒否権《きょひけん》はある」

旭さんの説明に、大正が補足する。

裏切りって……つまり俺は、逆玉の輿を狙っていると勘違いされたのか。

「縁談って、そもそも拒否権はあるんですか？」

「家による……正確には、親によるとしか言いようがねぇな」

難しい顔で大正が言った。

「此花さんとかのレベルになると、拒否権はないかもね。でも、そういうのは大抵《たいてい》、幼い頃《ころ》からしっかり説明されているパターンが多いし……最近は世間の目も厳しいから、あんまり強引《ごういん》なことはしないと思うよ？　親子の溝《みぞ》が深すぎると、後々会社の経営を巡《めぐ》って対立しちゃうかもしれないし」

雛子の場合は、その性格上、縁談の相手が決まっていなかった。

旭さんの説明に納得《なっとく》しながら、俺は一つの確信を得る。

天王寺さんは……その気になれば、縁談を断れるのだ。

だが、断らない。恐らくその理由は、天王寺さんが養子だからである。

天王寺さんは自分を育ててくれた天王寺家に恩を返したいと思っているのだ。そのため最初から縁談を断る気がない。あの決意の固さを考えると、きっとどのような相手との縁談でも受け入れるつもりだろう。最初から断るという選択肢《せんたくし》を持っていない。

けれど、それは本当に正しいことか？

俺はそんな天王寺さんの、背中を押《お》してもいいのだろうか？

――いいわけがない。

気づいていない振りはやめろ。俺はもう何度も見ている筈だ。

天王寺さんは縁談に乗り気ではない。そのサインを、俺は何度も目にしている。

縁談の話が持ち上がった時の天王寺さんは、いつもより暗い様子だった。「その縁談を良く思っているのか」と訊いたら「黙秘する」と答えられた。こんな分かりやすいサインを見逃《みのが》すほど俺は馬鹿《ばか》ではない。

「友成君、大丈夫《だいじょうぶ》？　凄く難しい顔してるけど……」

「大丈夫です。縁談をどうやってぶち壊《こわ》すのか、ちょっと考えていただけなので」

「本当に大丈夫⁉」

旭さんが驚愕《きょうがく》する。

「ええっと、よく分からないけど……物騒《ぶっそう》なことはしない方がいいと思うよ？」

「フィクションではよくあるけどな。嫌々結婚《いやいやけっこん》しそうなヒロインを助けるために、縁談に乗り込んで花嫁《はなよめ》を掻《か》っ攫《さら》うやつ。俺も一度くらいやってみてぇな～……」

「大正君がやったら、ドラマっていうよりお笑いみたいになりそうだね」

「お前、舐《な》めんなよ！　俺だってマジになったら格好《かっこ》いいんだからな！」

「はいはい」

激昂《げきこう》する大正を、旭さんは適当に流した。

「現実問題、一番スマートな解決策は、やっぱり当人同士で話し合うことだよね。このご時世、縁談が成立する確率なんてそう高くないし、相手だって断られる可能性をある程度は考慮《こうりょ》しているでしょ。そう考えたら、断るハードルも低くなるというか……」

旭さんが顎《あご》に指を添えて、考えながら語る。

「でもさ、結婚《けっこん》は妥協《だきょう》が大事って話も聞くよね～」

「うわ、そんな話聞きたくねぇ。夢のない話は子供に毒だぜ」

「少なくとも貴皇学院の生徒たちの半数は、子供である前に会社の跡取《あとと》りだけどね」

両耳を塞《ふさ》ぐ大正に、旭さんは苦笑《くしょう》しながら言った。

子供である前に会社の跡取り。そんな旭さんの言葉が、強く耳に残った。

「ところで友成君、今日も天王寺さんと一緒に何かやるの？」

「はい。少し前まではマナーなどを教わっていましたが、そろそろ実力試験も近いので今日からは勉強に集中することになりました」

「ふ～ん」

旭さんは含《ふく》みのある相槌《あいづち》を打った。

「二人とも、なんだか最近いい雰囲気《ふんいき》だって噂《うわさ》だよ？」

「いやー、友成君モテるねー。天王寺さんは此花さんに並ぶ人気者だよ？　この学院であの人に憧《あこが》れている男子がどれだけいるんだろうねー？」

「え」

旭さんの発言に、大正が「俺《おれ》もその一人だ」と真顔で首を縦に振った。

少し前に俺と天王寺さんは軽く喧嘩《けんか》してしまったが、いつの間にか周囲からはいい雰囲気だと思われていたらしい。実際、俺が正体を明かしたことで、天王寺さんとの距離感は近づいた気もする。雨降って地固まるとはまさにこのことだ。

とはいえ、天王寺さんの名誉《めいよ》のためにも誤解は解かねばならない。

「……別にそういう関係ではないですよ」

「まあ、そんな気はしてたけどね。でも友成君、ここ最近毎日が充実《じゅうじつ》してそうだよ」

「そうですね……少なくとも俺は楽しんでいます」

旭さんから見てそう感じたなら、間違《まちが》いないだろう。

天王寺さんにも直接伝えたが、あの人に色々と何かを教わるのは楽しい。

そんな俺の発言を聞いて、旭さんは穏《おだ》やかな笑みを浮かべた。

「天王寺さんも、友成君と一緒にいるのが楽しいんじゃないかな」

それなら俺も嬉《うれ》しいが……。

いや、相手は俺に限った話ではないだろう。この学院にいる時の天王寺さんは、いつも楽しそうだ。皆でお茶会をした時も、天王寺さんは上機嫌《じょうきげん》に見えた。

それを、どうして犠牲《ぎせい》にしなければならない。

天王寺さんは、今回の縁談で自分が何を捨てるのか自覚していないのか？

だとすれば、俺のやるべきことは――。


その日の放課後。

俺は、食堂に隣接《りんせつ》したカフェで天王寺さんと勉強していた。

「実力試験まで、後少しですわね」

「……そうだな」

辺りには誰もいないため、俺は素の口調で天王寺さんと話す。

試験間近だが、放課後の学院に生徒たちの姿はあまり見えなかった。貴皇学院の生徒はそもそも家が勉強に集中できる環境なのだろう。学院に残る必要がないのだ。

「一応、貴方には今までも話を聞いていただきましたし、事情を説明しておきますわ」

その手に持っていたシャーペンを置いて、天王寺さんは言った。

「次の実力試験までは在籍《ざいせき》を許されました。ですから予定通り、わたくしはこの試験で必ず此花雛子に勝ってみせます。そして……この学院に残る理由をなくしてみせますわ」

その言葉を聞いて、俺は目を見開いた。

「それって……」

「……まあ、そういうことですわね」

縁談が成立すると、天王寺さんは学院を去ることが確定してしまった。

それでも、天王寺さんは何も言わない。

この人は……雛子とは違う。天王寺さんは心が強くて、自分を抑《おさ》えられる人だから、面と向かって「助けて」と言えないのだ。

「そう心配そうな顔をしないでください」

ふと、天王寺さんは俺の顔を見て言った。

「天王寺家に貢献《こうけん》することが、わたくしの幸せです。ですからわたくしは——」

「——本当に、そう思っているのか？」

真正面から天王寺さんを見つめて言う。

すると天王寺さんは押し黙った。

「……天王寺さん。明日、一日だけ時間を作れないか？」

目を丸くする天王寺さんに、俺は続けて言う。

「前に、庶民の生活について興味があるって言ってたよな？」

「ええ。確かに、そんなことを言いましたわね」

天王寺さんは養子だが、物心つく頃から天王寺家で育ったため、庶民の暮らしを知らないらしい。だから、俺たちみたいな庶民の生活に関心を持っている様子だった。

「試験前に、少しだけ息抜《いきぬ》きしないか？　今までの礼もあるし、よければ俺に、庶民なりの息抜きを紹介《しょうかい》させて欲《ほ》しい」

急な提案だったかもしれない。

しかし天王寺さんは、真剣に考える素振《そぶ》りを見せてから、

「そうですわね。折角《せっかく》ですから、ご一緒させていただきますわ」

天王寺さんは笑みを浮かべてそう言った。

折角ですから……まるで自分がこの学院の生徒だった記念を作るかのような口振《くちぶ》りだ。

天王寺さんがその気なら、俺はできるだけそうならないよう努力しよう。


次の休日。

雛子と静音さんを説得して外出許可を得た俺は、駅前で天王寺さんを待っていた。

「……よく考えたら、久しぶりのオフだな」

時刻は昼過ぎ。仕事とは全く関係がなく、純粋《じゅんすい》に遊ぶためだけに外出したのは、お世話係になる日以来のことかもしれない。お世話係になってからは、休日も殆ど勉強に費やしていたため、今日はどこか時間を持て余している感覚がして落ち着かない。

そして……よく考えたら、今日はデートである。

恥ずかしい話だが、俺はこれまで一度もデートをした経験がない。

今更《いまさら》だが、少し緊張《きんちょう》してきた。

「お待たせしましたわ」

横合いから声を掛《か》けられる。

振《ふ》り向くと、そこには天王寺さんがいたが――。

「天王寺さん、その姿は……？」

「変装ですわ。今日はわたくしのような人間が、滅多《めった》に足を運べない場所へ案内してくれるのでしょう？　悪目立ちしないための策ですわ」

天王寺さんはいつも縦に巻いている金髪《きんぱつ》を、真《ま》っ直《す》ぐ下ろし、水色のベレー帽《ぼう》をかぶっていた。服装は白いブラウスに青色のスカートで、学院でのよく目立つ天王寺さんと比較《ひかく》すると、少し落ち着いていて、清楚《せいそ》なイメージである。

都会に溶《と》け込む服装だ。変装は見事成功していると言えるだろう。

ただし、天王寺さんは元々の容姿が優れていた。普段《ふだん》の天王寺さんも綺麗《きれい》だが、今日の天王寺さんからは別種の魅力《みりょく》を感じる。どのみち容姿端麗なので、辺りの通行人たちから注目を浴びていた。天王寺さんはどのような格好をしても人目を引くらしい。

「その……変、でしょうか？」

天王寺さんが頬を赤らめて訊《き》いた。

しまった。じろじろと見過ぎた。

「いや、変じゃないけど……その姿は、新鮮《しんせん》だなと思って」

「髪《かみ》を下ろした姿でしたら、わたくしの家でも見せた筈ですが」

「髪型《かみがた》だけじゃなくて、全体の雰囲気がいつもと違うというか……」

素直《すなお》に「新鮮で可愛《かわい》い」と言うのは恥ずかしかったので、言葉を濁《にご》す。

するとと天王寺さんは、こちらの心境を察したのか余裕《よゆう》のある笑みを見せた。

「今のわたくしと、いつものわたくし、どちらが好みですか？」

非常に難しい質問だった。

じっくり悩んだ末、俺は答える。

「……どちらかと言えば、いつもの天王寺さんかな」

「そうですか。こちらは伊月さんの好みではなかったのですね」

「そうじゃなくて、いつもの方が天王寺さんらしいというか……自然体な気がするから」

頬を掻《か》きながら伝えると、天王寺さんは嬉しそうな顔をした。

「そうですわね。正直、この服装は少し落ち着きませんわ。本来のわたくしなら、もう少しこう……ゴージャスに着こなしますの！」

胸に手をやり天王寺さんは堂々と告げる。

「今日は俺が自由に案内していいんだよな？　危ないところに行くわけじゃないが、天王寺家のご令嬢《れいじょう》には似つかわしくないところへ行くつもりだぞ」

「問題ありません。そのための変装ですわ。たとえ見られたとしても、正体がバレなければ天王寺家の世間体《せけんてい》も守れますし、今日は存分に楽しむつもりでしてよ」

自分の変装は完璧《かんぺき》だと言わんばかりに、天王寺さんは得意気な顔をする。

「今更だけど、よく家が許可してくれたな。護衛もなしなんだろ？」

「ええ。お父様もお母様も、とても寛容《かんよう》な性格ですから」

どこか誇《ほこ》らしそうに天王寺さんは言った。

「逆に、伊月さんの方は何事もなく許可を得られたのですか？」

「ああ。まあ……何事もなかったかと言えば、嘘になるが……」

静音さんは最近、俺の行動をあまり制限しなくなったため、すぐに納得してくれた。

問題は雛子だ。天王寺さんと二人で出かけたいと伝えると、雛子は驚《おどろ》くほどふて腐《くさ》れてしまった。今まで天王寺さんに色々教わってきた礼がしたいと説明すると、どうにか納得はしてくれたが、不機嫌《ふきげん》そうに「埋《う》め合わせはして」と念入りに言われた。

「ところで、伊月さん」

天王寺さんが小さな声で訊いた。

「これは、その、デートと解釈《かいしゃく》してもよろしいのでしょうか……？」

「ん――っ」

つい返答に詰《つ》まってしまう。

折角、意識しないようにしていたのに、まさか天王寺さんの方から訊かれるとは。

「ま、まあ、そうなるな……」

肯定すると、天王寺さんは微《かす》かに頬を赤らめた。

「……わたくし、殿方《とのがた》とデートするのはこれが初めてですわ」

そう言って、天王寺さんは上目遣《うわめづか》いでこちらを見た。

「ですから……楽しみにしていますわよ？」

やや意地悪な笑《え》みを浮《う》かべて、しかしその瞳《ひとみ》には期待を込めて、天王寺さんは言った。

そんな天王寺さんの態度が、今までの厳しいレッスンを思い出させる。

冷静に考えれば、俺はいつも、この人と二人きりで過ごしてきたのだ。

今更、過剰《かじょう》に意識する必要はない。

「ああ。今日は庶民流の遊び方を、存分に教えてやる」

今日は俺も思いっきり楽しもう。

俺は天王寺さんと共に、街へ繰《く》り出した。


「なんですのこれは⁉　なんですのこれは⁉　なんですのこれは――――ッ⁉」

ハンドルをぐるぐる回転させながら、天王寺さんは混乱する。

その様子を、俺は横目で眺《なが》めながら、ゆっくりハンドルを右に傾《かたむ》けた。

久々に訪《おとず》れたゲームセンターは、以前と全く変わらない雰囲気を醸《かも》し出していた。雑多な音が耳に届き、子供から大人たちまで、色んな世代の人たちが遊んでいる。

俺たちが今、プレイしているのはメジャーなレースゲームだった。画面の隅《すみ》に映っていた天王寺さんの車体がコースを外れ、ガードレールに激突《げきとつ》する。

「ああっ⁉」

悲鳴を上げる天王寺さんを他所に、俺は悠々《ゆうゆう》と先頭を走り続けた。

「――よしっ！　一位！」

ゴールした俺は、ハンドルから手を離して、隣《となり》に座《すわ》る天王寺さんの方を見る。

「天王寺さんは……」

「……最下位ですわ」

分かりやすく意気消沈《いきしょうちん》する天王寺さんに、俺は思わず吹《ふ》き出した。

「笑わないでくださいましっ！　こっちは必死だったんですのよ⁉」

「わ、悪い。でもゲームなのに、投げられたバナナを見て『マナー違反《いはん》ですわ！』って叫《さけ》ぶのは、流石《さすが》に面白《おもしろ》かったな。……ぶふっ」

「だから笑わないでくださいましっ！」

あれは俺だけではなく周りにいる人たちも笑っていた。

天王寺さんは気を取り直して、他のゲームを見て回る。先程《さきほど》の敗北が尾《お》を引いているのか、まだ悔《くや》しそうだったが、それでも興味津々《きょうみしんしん》に他のゲームを観察していた。

天王寺さんをゲームセンターに誘《さそ》ったのは正解だった。雛子と同様、天王寺さんもこの手の娯楽《ごらく》には疎《うと》いらしい。

今日は天王寺さんに、未知の世界を経験させることができる筈だ。

「伊月さん、こちらの和太鼓《わだいこ》はなんでしょうか？」

「太鼓の鉄人か、音ゲーの一つだな。……これもやってみよう」

おとげー？　と首を傾《かし》げる天王寺さんの前で、俺は百円玉を投入する。

操作方法を天王寺さんに伝え、すぐに曲を選んだ。

ゲームが始まるや否《いな》や、天王寺さんは混乱する。

「こ、こんなの、演奏じゃありませんわ！」

普段の自信に満ちた振《ふ》る舞《ま》いは何処《どこ》へ行ってしまったのか。天王寺さんは両手に持つバチを、わたわたと困惑《こんわく》気味に動かしていた。

最終的に、俺と天王寺さんのスコアが表示される。

「よし、これも俺の勝ちだ」

「くぅう……っ！　本物の太鼓でしたら、絶対わたくしの方が上手ですのに……っ！」

中々ユニークな負け犬の遠吠《とおぼ》えだった。

天王寺さんは、また次のゲームを探し始める。

「伊月さん、こちらは⁉」

「お、ホッケーか。懐《なつ》かしいな」

「ここに置いてあるのは……小型のフライングディスクですの？　これを投げればいいんでしょうか？」

「待った待った！　今、説明するから！」

パックを投げようとしている天王寺さんを止めて、ルールを説明する。

常識に疎いのか博識なのか、よく分からない人だ。……しかしこのアンバランスな知識がいかにも上流階級のお嬢様《じょうさま》らしい。雛子も似たようなものだった。

天王寺さんと二人でエアホッケーをプレイする。

当たり前のように俺の勝ちだった。

「次！　行きますわよ！」

天王寺さんがまた他のゲームを探す。

「あれは……競馬、でしょうか？」

「競馬ゲームか。試《ため》しにやってみるか？」

「いけませんわ！　勝馬投票券の購入《こうにゅう》は二十歳《はたち》からでしてよ！」

「これもゲームだから大丈夫だ」

焦《あせ》る天王寺さんに、俺は笑いを堪《こら》えて言う。

少しユーザ登録が面倒《めんどう》だったが、すぐにゲームへ参加できた。

「また負けましたわ……っ！」

「まあ、これは運ゲーだから……」

今日の天王寺さんは運にも恵《めぐ》まれていないらしい。

天王寺さんは他のゲームを探そうとしたが……その前に、軽く休憩《きゅうけい》を挟《はさ》むことにした。

自販機《じはんき》で二人分の飲み物を購入した後、階段の傍《そば》にあったベンチへ腰掛《こしか》ける。

「伊月さんは、以前まではよくこちらで遊んでいたんですの？」

「遊んでいたっていうより、バイトしてたんだ。偶に知り合いが来た時は、店長の許可を得て少しだけ遊んだこともあるけどな」

だから、完全に初心者である天王寺さんに負けることはない。

「ゲームセンター……でしたか。ここは非常に刺激的《しげきてき》な場所ですわね。わたくし、このような雰囲気の場所を訪れたのは初めてですわ」

そりゃそうだろうな、と俺は内心で納得した。

お世辞にも治安がいい場所とは言えない施設《しせつ》だ。天王寺さんの両親は寛容らしいが、華厳さんの場合は絶対に雛子をこのような場所へ向かわせないだろう。

しかし、ここでしか得られない経験もある。

天王寺さんは無事、その刺激に魅了《みりょう》されたらしく、ゲーム中は無邪気《むじゃき》な子供のように一《いっ》喜《き》一憂《いちゆう》していた。

「……ん？」

ふと、視線を感じたような気がした。

ＵＦＯキャッチャーの後ろ。窓の向こう側で、誰かが俺のことを見ていた。

その少女は、かつて俺が通っていた高校の制服を身に纏《まと》っている。まるで害虫を睨《にら》むかのような目でこちらを睨むその少女に、俺は冷や汗を掻いた。

「やっべ」

どうして俺は今まで警戒《けいかい》していなかったんだろう。

この辺りは、かつての俺の生活圏《せいかつけん》だ。だから当然、知り合いと遭遇《そうぐう》する可能性も高い。

その少女――幼馴染《おさななじ》みの百合《ゆり》と最後に話したのは、俺がお世話係に任命された初日。つまり一ヶ月以上も前になる。それも口頭での会話ではなく、スマホでメッセージのやり取りをしただけだ。あれ以来、連絡《れんらく》していなかったが……どうやら相当お冠《かんむり》である。

しかし百合は、俺と天王寺さんを交互《こうご》に見た後、無言で踵《きびす》を返した。

「どうしましたの？」

「……いや、なんでもない」

予想に反して、百合は大人しく去って行った。

少し気になるところだが、今は天王寺さんのことを意識しなければならない。

「じゃあ次は、ボウリングでもするか。いや……カラオケの方が一般的《いっぱんてき》か？」

雛子のお世話係である今の俺にとって、今日の出費は微々《びび》たるものだった。

次はボウリングでもいいしカラオケでもいい。とにかく、天王寺さんにとって珍《めずら》しい経験を提供したいところだ。

そんなふうに考えていると、

「……全部行きますわよ」

絞《しぼ》り出したかのような声で、天王寺さんが告げる。

「全部行きますわよ！　わたくしが勝つまで逃《に》がしませんわ！」

少し天王寺さんの闘争心《とうそうしん》を刺激し過ぎたかもしれない。

けれど、その要望は俺にとって願ったり叶《かな》ったりだったので、「ああ」と頷《うなず》いた。


気づけば空は薄闇《うすやみ》に包まれていた。

夕陽も沈《しず》み、時刻は午後七時前。

のんびりと駅に向かいながら、俺は軽く伸《の》びをして身体を解す。

「久々に、結構遊んだな……」

殆ど無意識に呟《つぶや》いて、俺は天王寺さんの方を見た。

「天王寺さん。今日はどうだった？」

「最っっっっっ低の気分ですわ!!」

天王寺さんは派手に怒鳴《どな》り散らす。

「結局、ゲームでは一度も勝てませんでしたし、ボウリングもボロ負けでしたわ！」

「でもカラオケはいい勝負だったじゃないか」

「童謡《どうよう》で高得点を取っても満足できませんわ！」

ゲームやボウリングでは俺が圧勝したため、カラオケも余裕かと思ったが、実はそうでもなかった。天王寺さんはボイストレーニングを受けていたらしく、その歌唱力は目を見張るものがあったのだ。

ただし、歌のレパートリーは少なかった。クラシックには詳《くわ》しいようだが、俺たちが普段聞いているような流行のバンドはてんで知らないらしい。だから最終的に、天王寺さんは誰もが知っている童謡を歌うしかなかった。その時の天王寺さんの屈辱的《くつじょくてき》な表情は、はっきりと目に焼き付いている。

「天王寺さんは勝負事が好きそうだから、今日はそういう方向性で予定を立ててみたけど……楽しんでくれたようで何よりだ」

「ええ……お陰様《かげさま》で、久しぶりにここまで血が滾《たぎ》りましたの」

天王寺さんは悔しさのあまり、拳《こぶし》を握《にぎ》り締《し》めて言った。

「どうする？　まだ何処か行くか？」

「そうしたいのは山々ですが……流石に今日はもう遅《おそ》い時間ですわね」

「……そうだな」

暗くなった空を仰《あお》ぎ見て言う天王寺さんに、俺も同意する。

「それじゃあ、今日はこの辺りにしておくか」

何気ないその一言を聞いて、天王寺さんはピクリと反応を示した。

「……意地悪な言い方をしますわね」

足を止めた天王寺さんは、じっと足元を見つめる。

やはり天王寺さんは今日のことを、学院を去る前の最後の思い出作りのように考えていたらしい。

でも、今日が最後かどうかは、天王寺さんの意思次第《しだい》でいくらでも変わることだ。

「縁談を断れば、またいつでも今日の続きができるぞ」

「……そんなことを言われても、わたくしの意思は変わりません」

天王寺さんは震《ふる》えた声で言った。

「確かに、本日はとても楽しい一時を過ごすことができましたわ。ですがそれが、天王寺家のためになるかと言うと――」

「楽しいだけじゃ駄目《だめ》なのか？」

天王寺さんの言葉を遮《さえぎ》って、俺は告げる。

「それだけで、縁談を断る理由にはならないのか？」

そんなことを言われると思わなかったのか、天王寺さんは困惑気味に目を丸くする。

「な……なるわけ、ありませんわ。今日の出来事は私個人のこと。それに対して、縁談は天王寺家の事情です。話のスケールが、あまりにも違《ちが》いますわ」

急に立ち止まった俺たちを、通行人たちが不思議そうに見ていた。

唇を噛《か》む天王寺さんに、俺ははっきりと告げる。

「じゃあ、天王寺さんは――天王寺家のためなら、なんでも捨てるのか？」

天王寺さんが口を噤《つぐ》む。

「俺には、天王寺さんがどれほどの重圧を背負っているのか想像もつかない。でも、実際に天王寺さんの両親と会って一つだけ確信したことがある。……あの人たちは、天王寺さんの幸せを願っている筈《はず》だ。天王寺家ではなく、天王寺美麗のことを大事にしている」

天王寺さんの家を訪れた時、俺は彼女の母である花美《はなみ》さんから「美麗は学院で楽しそうに過ごせているかしら？」と訊かれた。

あの人は最初から、天王寺さんの世間体などには興味がなかった。ただ、娘《むすめ》が学院で楽しそうに過ごせているならそれでいいと……そう考えていたのだ。

「それは……気のせいですわ」

天王寺さんは顔を伏《ふ》せたまま言った。

「お父様もお母様も優《やさ》しいですから、わたくしに無理強《むりじ》いしないだけです。きっと本心ではわたくしに、家のために生きて欲しい筈――」

「――そんなわけないだろ！」

どうしてもその言葉だけは聞き流すことができない。

俺は今、少しだけ腹が立っていた。

どうしてこの人は――気づかないんだ。

「髪を金色に染めて！　いつも変な口調で喋《しゃべ》って！　それが天王寺家のためになると、本気で思っているのか！」

「なっ⁉　な、な、な……っ⁉」

ここでそれを口にするか、とでも言わんばかりに天王寺さんは顔を赤く染めた。

幼い頃の天王寺さんは、そうすることが家のためになると本気で信じていたのだ。成長した今は、自分の意思でその拘《こだわ》りを貫《つらぬ》いている。

「それでも、雅継《まさつぐ》さんと花美さんは、何一つ文句を言ってないんだろ⁉」

「――っ」

天王寺さんが息を呑《の》む。感情のままにまくし立ててしまったかもしれない。それでも俺は、前言を撤回《てっかい》するつもりはなかった。

雛子の時とは事情が違うのだ。

雛子は此花家の重圧と、華厳さんの決定によって、理不尽《りふじん》に苦しんでいた。しかし天王寺さんの場合は理不尽ではない。天王寺さんは自縄自縛《じじょうじばく》に陥《おちい》っているだけだ。

俺にはそれが、どうしても我慢《がまん》できない。

「あの人たちは……家のことよりも、天王寺さんのことを優先している」

傍から見れば分かりきった事実を改めて伝える。

「天王寺さんは、ちゃんとその想《おも》いと向き合っているのか？」

俺と違って天王寺さんは、まだちゃんと親と話せるのだから。

そんな思いを胸の内に隠《かく》して、俺は告げた。


目の前に立つ少年の、真剣《しんけん》な眼差《まなざ》しが強く心に突《つ》き刺《さ》さる。

天王寺美麗は、伊月の言葉を受けて幼少期の出来事を思い出していた。

「美麗には、幸せになってもらわないとね」

養子として引き取られた美麗に、今の両親は何度かそう言った。自分たちは親として美麗と向き合っていくのだという宣言。けれど、決して美麗を縛《しば》りたいわけではないという優しさ。そういうものが、幼い頃から伝わってきた。

だから美麗は、そんな心優《こころやさ》しい父と母に、恩返しをしたいとずっと思っていた。

自分を引き取った家——天王寺家の名声を知ってから、美麗は恩返しの方法を悟《さと》る。

「お母様。私が勉強を頑張《がんば》れば、天王寺家のためになりますか？」

幼い頃。美麗は母にそう尋《たず》ねた。

母は嬉しそうに「ええ」と答えた。

「お父様。私が有名になれば、天王寺家のためになりますか？」

幼い頃。美麗は父にそう尋ねた。

父は豪快《ごうかい》に笑いながら「そうだな」と答えた。

それから美麗は勉学に勤《いそ》しみ、髪を染め、口調を改め、天王寺家の令嬢としての人生を歩み始めた。最初は失敗することもたくさんあった。元々、テストの点数はクラスの中でも真ん中くらいだったし、それに人望だって特別あるわけではない。それでも死《し》に物狂《ものぐる》いで努力した結果、美麗は一際優秀《ひときわゆうしゅう》な生徒として有名になった。過去の自分が霞《かす》んで消えるくらい、美麗は血反吐《ちへど》を吐《は》く思いで努力した。

「美麗。いつも夜遅《よるおそ》くまで勉強を頑張っているみたいだけど……貴女《あなた》はもっと、自由に生きてもいいのよ？」

ある日。母がそんなことを言ってきた。

「心配無用ですわ。これは、わたくし自身が選んだ道ですもの」

美麗は笑顔《えがお》でそう答えた。すると母は「そう」と納得したが、その顔は不安気だった。

確かに少し頑張り過ぎているかもしれない。しかし、いずれ分かってくれる筈だ。自分はただ拾ってくれた両親のために恩返しがしたいだけなのだ。

「美麗。マナーを守るのはいいことだが、偶《たま》には気を抜《ぬ》いてもいいのだぞ？」

「問題ありません。天王寺家の娘として、この程度はやってみせますわ」

いつからだろう。

気づけば両親の問いに、美麗は一瞬《いっしゅん》も迷うことなく、首を横に振っていた。

（ああ……そうか）

目の前の少年、伊月の言葉が脳内で反芻《はんすう》される。

ちゃんと親の想いと向き合っているのか――その言葉が、美麗の価値観を揺《ゆ》さぶった。

（わたくしは……逃げていたのですね）

娘になる自信がなかったから。

天王寺家の令嬢になる道を選んだのだ。

何故《なぜ》ならその方が分かりやすい。テストでいい点数を取り、気品のある立ち振る舞いをする方が、親の想いに応《こた》えることよりよっぽど簡単だ。

そんな気持ちで自分が逃げていたことを——目の前の少年は、気づかせてくれた。

「どうして……」

思わず、そんな言葉が唇《くちびる》から零《こぼ》れる。

「どうして……伊月さんは、わたくしにそこまで言ってくれるのですか……？」

家族でもないのに、どうしてこの人はここまで自分と真摯《しんし》に向き合ってくれたのか。

美麗の問いに、伊月は真剣な表情で答えた。

「俺も……天王寺さんには、できるだけ幸せに生きて欲しいからだ」

恥《は》ずかしげもなく、伊月は堂々と告げる。

「もし、今日の経験が貴重だと思うなら……どうかそれを、捨てないでくれ」

今日、自分が経験したことを思い出す。

ゲームセンターにボウリングにカラオケ……どれも、天王寺家の令嬢には不要な経験かもしれない。しかし、天王寺美麗にとってはそうではなかった。

今日は、本心から楽しめた。

「……詐欺師《さぎし》」

震えた声で美麗は呟く。

両親だけではなかった。

天王寺家の令嬢ではなく、天王寺美麗という一人の人間のことを、ここまで真剣に考えてくれる人が――ここにも一人いたのだ。

だから、気づかせてくれた。

「詐欺師、詐欺師、詐欺師………貴方《あなた》は本当に、口が上手《うま》い男ですわね……」

目尻《めじり》に溜《た》まった涙《なみだ》を、流さないように我慢することに必死だった。

感情がぐちゃぐちゃになる。きっと今、自分は、天王寺家の令嬢として相応《ふさわ》しくない振る舞いをしているのだろう。

けれど、いいのだ。

この人は、そういう目で自分のことを見ていないのだから。

「……貴方に、騙《だま》されてあげます」

目尻の涙を指で拭《ぬぐ》い、美麗は笑った。

「縁談《えんだん》は、断りますわ。……これだけ貴重なものを、手放すわけにはいきませんから」

「……そうか」

伊月が目に見えて安堵《あんど》する。

その姿を見ることができただけで、縁談を断る甲斐《かい》があるかもしれない。

「まあ正直、今日の経験が貴重だったのかと言われると、自信はないが――」

「そうじゃありません」

今日のことだけを貴重だと言ったわけではない。

まったく……鋭《するど》いのか鈍《にぶ》いのか、よく分からない人だ。

「貴方が、貴重なのですわ」

エピローグ

天王寺《てんのうじ》さんが無事に縁談を断った後。

貴皇学院《きおうがくいん》では実力試験が行われた。

定期試験と違って実力試験は科目が少ない。しかし、それでも名門校なだけあって問題数がとても多く、三日間をたっぷり使って試験は実施された。

それから更《さら》に一週間が経過した頃《ころ》。

実力試験の結果が発表された。

「皆～！　こっち、こっち～！」

職員室の前の掲示板《けいじばん》には、既《すで》に多くの学生が集まっていた。

教室に荷物を置いた後、雛子《ひなこ》と一緒《いっしょ》に掲示板へ向かうと、遠くで旭《あさひ》さんが手招きする。

その隣には、天王寺さんもいた。

「丁度、今、天王寺さんとも会ったの！」

旭さんがそう言うと、天王寺さんは無言で一礼した。

それから、視線を俺《おれ》の顔に向ける。

「一緒に結果を確かめましょう」

自惚《うぬぼ》れでなければ、その台詞《せりふ》は皆ではなく俺個人に向けられたものだった。

緊張が背中にのし掛かり、ゴクリと唾《つば》を飲《の》み込《こ》む。

貴皇学院では試験が行われた際、上位五十人の点数と名が発表される。俺の目標は、この上位五十人の中に入ることだ。

意を決して掲示板を見る。

そこに、俺の名前は――――。

「………載《の》って、ない」

膝《ひざ》から崩《くず》れ落ちそうになる身体を、辛《かろ》うじて気力で支えた。

俺は、目標を達成できなかった。

「当たり前ですわ」

落ち込む俺の隣で、天王寺さんが言う。

「この学院に通っている生徒は皆、幼い頃から英才教育を受けています。彼《かれ》らに追いつこうと言うならば、年単位の努力が必要でしてよ」

それは、確かにその通りかもしれない。

それでも俺は、成果を出したかった。

折角、天王寺さんに教わったというのに、俺はいい報告をできなかった。

押《お》し黙《だま》る俺に、天王寺さんは溜息《ためいき》を吐く。

「……貴方、自己採点はしましたの？」

「え？　いや、してませんが……」

「今までの様子から察する限り、かなり惜《お》しい点数だと思いますわ。少なくとも点数の変化だけでしたら、貴方はダントツで伸びていますわよ」

天王寺さんは賞賛の目で俺を見る。

「それでも満足できないなら……今後も努力し続ければいいだけですわ」

その一言が、落ち込んでいた俺の気持ちを一気に掬《すく》い上げた。

微笑《びしょう》を浮かべる天王寺さんを見て、心の重圧がスッと消える。

「……そうですね」

そうだ。今後も努力すればいいだけだ。

だって天王寺さんは、この学院を去らないのだから……。

この悔しさは、これからの未来に託《たく》せばいい。

「う～ん、アタシも載ってないなぁ。まあ予想はしてたけど」

「俺も当然のように載ってねぇな」

「ああ。私も載ってない」

旭さん、大正《たいしょう》、成香《なりか》の三人は最初から諦《あきら》めている様子だった。

残りは……雛子と、天王寺さんだ。

「此花《このはな》さんと天王寺さんは、上位一桁《ひとけた》には入ってそうだね。う～ん……でも人混《ひとご》みが凄《すご》くて、ここからだと見えないかも」

旭さんがつま先立ちして、人混みの向こうにある掲示板の方を覗《のぞ》こうとする。

上位十人の名前は、別の掲示板で大々的に発表されているらしい。そちらの掲示板の前には更に大きな人集《ひとだか》りができていた。

「おい、すげぇぞ！　満点が出てるみたいだ！」

周りにいる生徒たちの話し声を聞いて、大正が興奮した様子で言う。

「満点って、珍しいんですか？」

「おうよ！　この学院の試験は本当に難しいからな。満点なんて滅多に出ねぇんだ」

確かに試験の問題は相当難しかった。

一瞬、俺たちは無言で雛子と天王寺さんに視線を注ぐ。

満点を取っている生徒がいるのだとしたら……この二人のどちらかだろう。

「今度こそ、わたくしは此花雛子に……っ」

天王寺さんが、誰《だれ》にも聞こえないような小さな呟きを零す。……でも、俺だけはその呟きを聞いていた。俺だけが、天王寺さんの覚悟《かくご》を知っているから。

微かな緊張《きんちょう》を感じていると、人混みの中にいる生徒たちが、雛子と天王寺さんの存在に気づいて道を譲《ゆず》った。騒《さわ》がしかった人混みが、モーゼの海割りのように左右へ散る。

貴皇学院の二大お嬢様が、悠然《ゆうぜん》とした佇《たたず》まいで掲示板の前に立った。

試験の結果を見て――俺たちは、目を見開く。

「これは……」

「ま、満点が、二人……？」

一番上に名前が載っていたのは、雛子だった。その下には天王寺さんの名前がある。

しかし、二人の点数はどちらも全く同じ値――八百点だった。

パチパチ、と生徒たちが雛子と天王寺さんに向かって拍手《はくしゅ》した。

俺はその拍手の中、こっそりと雛子に声を掛《か》けた。

「雛子も、頑張ったんだな」

「……ん」

素の口調で、雛子は肯定《こうてい》する。

「二人に負けるのが……嫌《いや》だったから」

どこかいじけた様子で雛子は告げた。

ああ――そうだよな。

思わず笑ってしまう。よく考えたら当たり前だ。

この試験のために精一杯《せいいっぱい》努力したのは、天王寺さんだけとは限らない。

雛子も、頑張っていたのだ。

「……ふふっ」

天王寺さんが笑みを零す。

雛子に勝つという目標は達成できなかった。しかし天王寺さんは――。

「おーっほっほっほ！　それでこそ、わたくしのライバルですわっ！」

天王寺さんは上機嫌《じょうきげん》に笑った。

まるで、これからも雛子とライバルでいられることを喜んでいるかのようだ。

「そのライバルに、わたくしから提案がありますの」

天王寺さんは微かに頬《ほお》を赤らめ、緊張した様子で雛子の方を見た。

「こ、今晩……わたくしの家に、遊びにいらっしゃいませんか？」

その日の夜。

俺は再び、天王寺家を訪れた。

「では、ここからは別行動です」

車の助手席から降りた静音《しずね》さんが、俺と雛子に向かって頭を下げる。

「静音さんはどうするんですか？」

「私は華厳《かげん》様とご一緒に、先に天王寺家の代表へご挨拶《あいさつ》に伺《うかが》います。伊月《いつき》様も、後でお嬢様とご一緒に挨拶をしに行ってください」

「分かりました」

静音さんの背後では、華厳さんがネクタイの形を整えていた。

俺と雛子が天王寺さんと話している間、華厳さんと静音さんは、天王寺家の代表である雅継《まさつぐ》さん、花美《はなみ》さんへ挨拶をしに行くようだ。

「伊月……そのスーツは、新しいやつ……？」

ふと、雛子が小さな声でそんなことを訊《き》いてくる。

「ああ。今日のディナーはフレンチだと聞いていたから、折角《せっかく》だしスーツもフランス製に合わせてみたんだ」

というのも、屋敷《やしき》を出る前に静音さんから「スーツはどれを着用しますか？」と質問されたので、少し自分なりにコーディネートを考えてみたのだ。以前参加した此花家の社交界ではイタリア製を着ていたため、気分を変えたかったという理由もある。

そんな俺と雛子のやり取りを聞いて、傍にいた華厳さんは小さく呟いた。

「垢抜《あかぬ》けたな」

「え？」

その言葉があまりにも信じられず、俺は目を見開いて訊き返した。

「……今、俺のことを褒《ほ》めました？」

「私が褒めたのは天王寺家の人材育成術だ。君ではない」

そう言って華厳さんは、こちらに背を向け、静音さんと共に歩き出した。

流石に今の言葉を額面通りに受け取るほど、俺はお人好《ひとよ》しではなかった。華厳さんに認められたことを実感すると、じわりじわりと達成感が込み上げる。

全部、天王寺さんと一緒に過ごしたおかげだろう。

俺は雛子と共に、天王寺家の屋敷へ足を踏《ふ》み入れた。

「お待ちしていましたわ！　此花さん、友成《ともなり》さんっ！」

天王寺さんは満面の笑みで俺たちを迎《むか》えてくれた。

その姿は高潔な令嬢《れいじょう》というより、友人を待ち侘《わ》びていた一人の少女のように見える。

「この度はお招きいただきありがとうございます」

お嬢様モードに切り替《か》えた雛子が、丁寧《ていねい》に挨拶した。

「今までも何度か訪《おとず》れたことはありますが、こうしてプライベートで招待していただいたのは初めてですね。何か理由でもあったのですか？」

「特に深い理由はありませんわ」

そう答えた後、天王寺さんは柔《やわ》らかい笑《え》みを浮《う》かべる。

「ただ、強《し》いて言うなら……わたくしは貴女と、天王寺家の令嬢としてではなく、一人のクラスメイトとして仲良くなりたいと思っただけですわ」

雛子が微《かす》かに目を丸くした。お嬢様モードを演じている雛子が表情を崩しかけるということは、それほど今の天王寺さんの発言が意外だったのだろう。

天王寺さんは変わった。

今の天王寺さんは、天王寺家の令嬢であることと、自分が一人の少女であること、二つの現実を受け入れている。

「……私も、天王寺さんとは仲良くなりたいと思っています」

動揺《どうよう》を押し殺した雛子が微笑《ほほえ》んで言うと、天王寺さんは頬を赤く染めた。

「い、いざそう言われると、なんだか恥ずかしいですわね……」

どこかじれったい空気になる二人を、俺は一歩離《はな》れた位置で眺《なが》めていた。

ふと、何の気なしに視線を他のところへ向けると――。

「うぅ……っ！　美麗《みれい》が……うちの美麗が、成長している……っ！」

「そうね、あなた……っ！　なんだか娘が、いつも以上に輝《かがや》いて見えるわ……っ！」

二人の親バカが、天王寺さんの姿を見て涙を流していた。

「友成君。……いや、伊月君」

ハンカチで涙を拭《ぬぐ》った雅継さんが、俺に近づく。

何故か雅継さんは、俺の呼び方を変えた。

「美麗から話は聞いているよ。君が、あの娘の本心を引き出してくれたみたいだね」

「いえ……」

「美麗はいい友人を持った。……なるほど。確かに学院を辞《や》めるのは勿体《もったい》ない」

雅継さんは、俺と雛子に視線を向けて言った。

その穏《おだ》やかな顔を見て、改めて実感する。やはり雅継さんは、家のことよりも天王寺美麗という娘のことを考えていたのだ。

「ところで伊月君。天王寺グループに興味はないかね？」

「はい？」

唐突《とうとつ》な問いかけに、俺は首を傾げた。

「少し回りくどい言い方だったか。では改めて訊くが……うちに婿《むこ》入りする気はないかね？」

「は？　いや……え？」

「どうやら美麗は恋愛結婚《れんあいけっこん》を望んでいるようだ。現状、娘と一番親しい男性は君なのだろう？　まずは君の意思を——」

「——お父様！」

天王寺さんの怒鳴り声《ごえ》が響《ひび》く。

俺たちの話を聞いていたのだろう。天王寺さんは顔を真っ赤にして近づいてきた。

「勝手に話を進めないでくださいまし！」

「し、しかしだな。もし将来、伊月君が婿に来るなら、今のうちに天王寺グループの仕事について知ってもらわねば——」

「気が早いにも程《ほど》がありますわっ！」

天王寺さんが娘としての自覚を強くしたからか、雅継さんも親心が暴走している。

雅継さんは肩《かた》を落として黙り込んだ。

「まったく……申し訳ございません、友成さん」

「いえ、別に気にしてないので……」

気まずそうに謝罪する天王寺さんに、俺も苦笑《くしょう》する。

「冗談《じょうだん》にしても、驚《おどろ》きました」

そう言うと、天王寺さんは何故かつまらなそうな顔をした。

天王寺さんはどこか拗《す》ねた様子で、

「……あながち、冗談とも限りませんわよ」

「え」

「少なくとも今のわたくしにとって、貴方以上に仲の良い異性は存在しませんから。もしかすると、いずれ貴方には天王寺家から縁談の話が持ちかけられるかもしれませんわね」

「……いや、でも俺は……本当は、会社の跡取《あとと》りでもないし……」

他の人たちには聞こえないよう、こっそりと告げた。

すると天王寺さんは、自信に満ちた笑みを浮かべる。

「あら。わたくしの両親が、そのような肩書《かたが》きを気にするとでも？」

気にしない、だろうなぁ……。

気にしないからこそ、天王寺さんはこうして縁談から解放されたわけだし。

「もし、わたくしとの縁談が持ちかけられたら、貴方はどうしますの？」

「どうって、言われても……まずは、天王寺さんの意向を聞かないと……」

「では、わたくしが乗り気になれば、貴方は受け入れると？」

「そ、れは……」

天王寺さんに告げられた未来が全くイメージできなくて、返答に窮《きゅう》する。

そんなふうに困っていると、天王寺さんはクスリと笑みを浮かべた。

「冗談です。詐欺師に詰問《きつもん》なんて、可哀想《かわいそう》なことしてはいけませんね」

天王寺さんは楽しそうに言う。

「ですが、もしそのような時が来れば――」

いつも通りの自信に満ちた様子で。

天王寺さんは人差し指で、そっと俺の唇に触《ふ》れた。

「――必ず、わたくしを選ばせてみせますわ」

オマケ◆雛子の埋め合わせ

試験の結果が発表されて、数日が経過した頃。

「そう言えば、この前、埋め合わせをするって約束したけど……」

休日。俺は部屋にやって来た雛子に、声を掛ける。

「具体的に、何かして欲《ほ》しいことはあるか？」

「んー……」

雛子は悩《なや》ましげな声を発して、

「……伊月《いつき》はあの日、天王寺《てんのうじ》さんと何をしたの？」

「ゲームセンターに行って、ボウリングに行って、あとはカラオケに行ったくらいだな」

説明すると、雛子はスッと目を細めた。

「随分《ずいぶん》と……楽しんだ、ご様子で」

「いや、それはまあ……楽しくなかったと言えば嘘《うそ》になるけど」

なんとなく雛子の機嫌《きげん》が悪くなるような気がしたので、やんわりと伝えたかったが、だからと言って楽しくなかったと嘘をつくのも天王寺さんに申し訳ない気がした。

結果、雛子は案の定、頬を膨《ふく》らませる。

「私も……行く」

「え？」

「私も、それ……全部行く……！」


というわけで、俺は早速《さっそく》、雛子とゲームセンターに来ていた。

勿論《もちろん》、二人きりではない。少し離れたところでは、静音《しずね》さんや此花《このはな》家の護衛たちが俺たちの様子を監視《かんし》していた。

残念ながら雛子は天王寺さんと比べるとあまり自由が許されていない。もっとも、天王寺さんやあの人の両親の性格を考えると、例外なのは天王寺さんたちの方な気もする。

「じゃあ、まずはあのレースゲームをやるか」

「ん」

雛子と一緒に、座席に腰《こし》を下ろす。

今日の雛子は天王寺さんと同じように変装していた。だからお嬢様《じょうさま》モードではなく素の状態で振る舞《ふま》うことを許されている。地味目な服に深めの帽子《ぼうし》を被《かぶ》った今の雛子は、学院のクラスメイトが相手でも、近づかれない限り欺《あざむ》けるだろう。

「伊月……このゲーム、天王寺さんは何位だったの……?」

「ぶっちぎりの最下位だったぞ」

目の前にバナナを投げられて、マナー違反《いはん》を注意した天王寺さんのことを思い出す。

「じゃあ、私は……それより上を目指す」

雛子は妙《みょう》なところで対抗心《たいこうしん》を燃やしていた。

不思議に思いながら、百円玉を入れてゲームを始める。

ゲームの結果は、予想していたが……。

「最下位、だな」

「む……」

天王寺さんと同じ順位になった雛子は、唇を尖《とが》らせた。

「……もう一回」

言われた通り、再び百円玉を入れてゲームを始める。

しかし――。

「むぅぅ……」

雛子はまたしても最下位だった。

その後、何度も何度もリトライしてみたが……やはり日頃《ひごろ》からゲームに触れていない雛子には難しかったのか、中々上手くいかない。

「ほ、他のゲームもやってみないか？」

「……ん」

気づけばレースゲームだけで一時間以上遊んでいた。

続けて、俺たちは太鼓《たいこ》の鉄人をプレイする。

が、こちらも雛子はあまり上手ではなく、早々にゲームオーバーになってしまった。

「本物の太鼓なら……私の方が、上手なのに」

それは天王寺さんも言っていたなぁ……。

貴皇学院のお嬢様は、和太鼓《わだいこ》が必修科目なんだろうか。

「ええと、あとはあのゲームも、天王寺さんと遊んだぞ」

そう言って俺は、エアホッケーの台を指さした。

雛子は白いパックを遠目に見て、首を傾《かし》げる。

「セイルの、コースター……？」

ハイブランドのコースターと勘違《かんちが》いしていた。

屋敷のキッチンに幾《いく》つかあったから、それを連想したのだろう。

「ホッケーは、これを互《たが》いに打ち合って遊ぶんだ」

簡単にルールを説明して雛子と遊ぶ。

「よしっ」

「む……」

何度かプレイして、今のところ俺が勝ち続けていた。

しかし、最初はたどたどしかった雛子の動きは、次第《しだい》に洗練されていき――。

「……大体、分かった」

そんなことを呟《つぶや》いた直後、雛子は急に素早《すばや》く動き出す。

雛子はパックを弾《はじ》く――フリをして、俺の隙《すき》を突く形でゴールを奪《うば》ってみせた。

「あっ⁉」

「私の、勝ち。……ふふん」

雛子が嬉《うれ》しそうな顔をする。

ホッケーでフェイントなんて初めて見た……。

冷静に考えれば、雛子の体育の成績はかなりいいのだ。完璧《かんぺき》なお嬢様と噂《うわさ》されるだけあって、雛子は文武両道である。運動神経は決して悪くない。

「伊月……分かった？」

雛子が、ふと俺に近づいて言う。

「天王寺さんより……私の方が、凄い……」

どこか得意気な様子でそう言った雛子は、こてんと俺の胸元《むなもと》に頭を預けた。

その小さな唇から、規則正しい寝息《ねいき》が聞こえる。

「……寝てる」

「お嬢様にしては珍《めずら》しく熱中していましたから、疲《つか》れたのでしょう」

いつの間にか近くまで来ていた静音さんが、俺にもたれかかる雛子を見て言う。

「カラオケとボウリングは後日にしましょう。伊月さんもそれでいいですね？」

「あ、はい。俺は大丈夫《だいじょうぶ》です」

ゆっくりと雛子を背負う。その顔はとても満足そうに微笑んでいた。

やっぱり上流階級の人たちは、この手の息抜《いきぬ》きとは縁遠《えんどお》くなってしまうのだろう。気が向いた時に、また誘《さそ》ってみてもいいかもしれない。

（そう言えば……成香は、どうしてるかな）

同じお嬢様でも、ある程度、庶民《しょみん》の生活について知っている成香《なりか》のことを思い出す。

彼女《かのじょ》は息抜きに不便していないだろうか。そんなことを思いながら、俺は雛子を背負ってゲームセンターを出た。

あとがき

坂石遊作です。本書を手に取っていただきありがとうございます。

どうしましょう、もう書くことがありません。

僕はあとがきが苦手なので、毎回そこそこ頭を悩ませます。僕の現実は基本的に空虚で退屈なのです。あとがきを書こうとすると、誰かに「なんか面白い話して！」と無茶ぶりされたような気分になります。やめてくれ……そのノリは俺に効く……やめてくれ。

とはいえあとがきの内容に悩むのも一度や二度ではありません。そこで僕は、色んな先輩方の書籍を手に取り、どのようにあとがきを書いているのか調べてみました。

個人的に「これいいな」と思ったのは、作品のことを考えながら何か行動を起こすことです。たとえば戦記物を書いている方が、歴史博物館で実際にあった戦争の勉強をしてその感想をあとがきに書く……といった感じですね。

というわけで僕も先輩方を見習い、本作「才女のお世話」のことを想いながら、リッチな行動を起こすことにしました。

回転寿司に行ってきました‼

美味しかったです‼‼‼‼‼‼‼‼‼

回転寿司と言えば、お嬢様モノの王道と言えるのではないでしょうか。庶民の暮らしを知らないお嬢様が初めて回転寿司に行って「うわっ!!　お皿が動いているわ！」と大袈裟な反応をするアレです。いつか本編でもやるかもしれません。
そう考えると、回転寿司というのはお嬢様が口にできない貴重なものなのかもしれません。「雛子も天王寺さんも成香も、この味を知らないんだなぁ……」と思いながら回転寿司を食べていると中々美味に感じました。

ちなみに僕は寿司が好物なので、なんだかんだ高い寿司店に行くこともあります。生ウニや大粒のいくらが食べたくなったら、どうしてもこういうところに行ってしまいます……。高いところは大トロが脂っこすぎるので、中トロくらいが好みです。この前行ったところはノドグロが美味しかったです。軽く炙って塩で食べました。

安さや高さは必ずしも優劣と結びつくわけではなく、気分に応じて使い分けるのが大事だと思います。僕は飲食店に求める要素の一つに「リピートのしやすさ」というのがありますので、やっぱり回転寿司も最高だなぁと思います。あとは街中華とかですかね。僕は以前蒲田に住んでいましたが、あそこは街中華の楽園でした。

お嬢様たちも、気分に合わせて色んな店を駆使しているのかもしれません。

雛子はB級グルメとかハマりそうです。一度お気に入りの店を見つければ、伊月にこっそり連れていってもらうようになるかも……。天王寺さんは勉強熱心なのでどんな店にも行ってくれそうですが、優雅に振る舞う自分も大切にしているので、あんまり俗っぽいところはリピートしない気がします。どちらかと言えば特定の好物を見つけて、色んなお店でその品を探して食べるタイプかも。成香はなんでも美味しいって言います。

雛子たちの食事会も、どこかでちゃんと書いてみたいです。

【謝辞】

本作の執筆を進めるにあたり、編集部や校閲など、ご関係者の皆様には大変お世話になりました。内容に対する数々のアドバイスから進捗の管理まで、何から何までありがとうございます。みわべさくら先生、今回も素敵なイラストを作成していただきありがとうございます。優雅な天王寺さん、少し落ち込んでいる天王寺さん、テンション高めな天王寺さん、変装して髪を下ろした天王寺さん。一人のキャラクターを色んな角度から魅力的に描いていただきありがとうございます。

最後に、この本を取っていただいた読者の皆様へ、最大級の感謝を。

HJ文庫 https://firecross.jp/
971

才女のお世話 2

高嶺の花だらけな名門校で、学院一のお嬢様（生活能力皆無）を陰ながらお世話することになりました

2021年12月1日　初版発行
2024年2月14日　2刷発行

著者――坂石遊作

発行者―松下大介
発行所―株式会社ホビージャパン

〒151-0053
東京都渋谷区代々木2−15−8
電話　03(5304)7604（編集）
　　　03(5304)9112（営業）

印刷所――大日本印刷株式会社

装丁――coil／株式会社エストール

Printed in Japan

ISBN978-4-7986-2677-2　C0193

亜人の眷属となった時、無能は最強へと変貌する!!

最弱無能が玉座へ至る
~人間社会の落ちこぼれ、亜人の眷属になって成り上がる~

著者／坂石遊作　イラスト／刀 彼方

能力を持たないために学園で落ちこぼれ扱いされている少年ケイル。ある日、純血の吸血鬼クレアと出会い、成り行きで彼女の眷属となった時、ケイル本人すら知らなかった最強の能力が目覚める!!　亜人の眷属となった時だけ発動するその力で、無能な少年は無双する!!

シリーズ既刊好評発売中

最弱無能が玉座へ至る 1~2

最新巻　最弱無能が玉座へ至る 3

HJ文庫毎月1日発売　発行：株式会社ホビージャパン